仙道
方程式
任怨 ◎著
51

CONTENTS

目錄

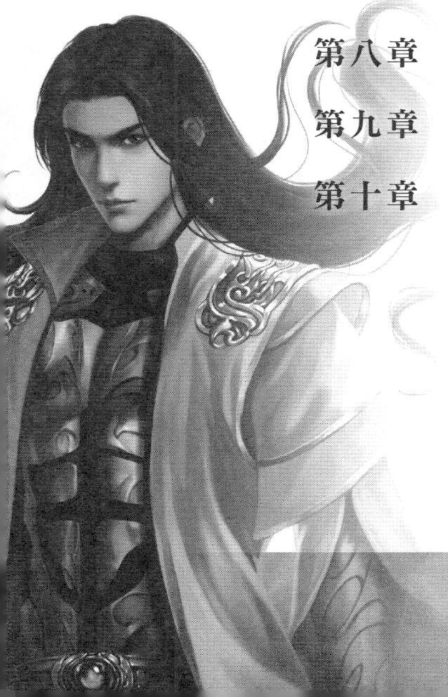

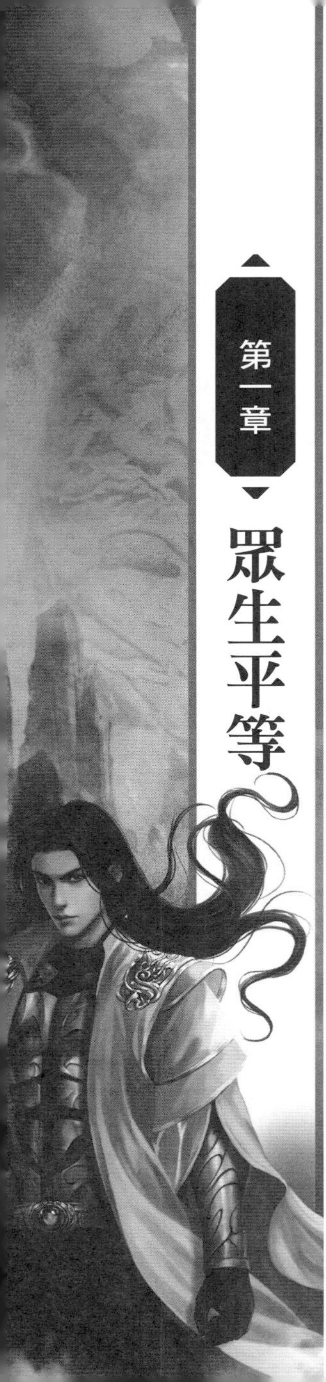

第一章

眾生平等

說是這麼個說法，但終究大家心裡還是不痛快。

或許經由沈鳳書的解釋，大家不痛快的原因不再是沈鳳書不能提升境界，但經歷這麼多的波折，耗費這麼多的辛苦，卻沒能得到一個好的結果，這才是真正讓大家無法釋懷的。

沈鳳書完全理解大家的心情，換成小伙伴中的任何一個如果面臨這種情況，恐怕沈鳳書自己也會不開心。

「放心，我也不是沒有好處的。」為了紓解小伙伴們的失落，沈鳳書再次笑著安慰道。

一千萬顆金丹徹底變成了純淨度極高的金丹，每一顆金丹的純淨度，哪怕資質最好的修士也望塵莫及，從這一點上來說，沈鳳書已經完全和以前不一樣，誰也不能反對。

隨意的給眾人呈現了一顆金丹中靈氣的純淨度，直接讓小伙伴們驚嘆一番後，也都承認沈鳳書是真的得到了莫大好處。

這還不算，沈鳳書用金丹模擬了一整套的經脈，完整的修行了一套十分正統穩妥的行氣功法，而且全程都能讓眾人神識感受到，修行效果絲毫不亞於那些修行資質好的修士。

說來說去，除了沒能突破修行境界的上限之外，其他的，一切都好像都變成了最好。相比沈鳳書之前只能可憐的修行鯨吞譜，從巨量的靈氣中積攢那麼一點點可用的靈氣，簡直已經是天上地下。

用脫胎換骨來形容，一點都不為過。

眾人這才不再失落，齊齊為沈鳳書高興。儘管大家心中依舊還有那麼一點點小小的遺憾，但卻已經不是那麼無法接受了。

要知道，這些還沒算上沈鳳書肉身被強化的效果。能徒手捏死一個準聖的強悍，哪怕出竅煉虛級的天縱奇才的高手，恐怕也不多。或許借助法寶能越級擊殺準聖，但近距離還在對方陣法控制下徒手捏死準聖的，絕無僅有。

遺憾總是難免，誰都明白。

「沈大哥，那你的這串珠子……」小蠻是真的很關心沈鳳書，不單關心他的身體狀況，修行狀況，同樣也十分關心他的法寶。

集齊了九個小骷髏頭，這手串顯然不一般了。

「非常完美！」說起這個來，沈鳳書立刻變得神采飛揚，眉飛色舞，開心得意的表情溢於言表。

都不用沈鳳書回答，只看沈鳳書的表情就知道答案，何況沈鳳書還真的說了，非常完美。很明顯，那是真的完美了！

龐大的算力提升就不提了，說出來那是欺負人。

那已經是這個世界所有的速算法寶加起來再提升上一萬倍都無法想像的天文數字。只說和沈鳳書剛剛來到這個世界的時候相比，總算力提升也不下十幾個數量級，那即便放在地球上，也是恐怖到讓人絕望的算力。

除了算力帶來的模擬計算速度以及可控制的奈米機器人數量的提升，奈米戰甲最基本的防護力提升了數倍，能量刀，微型導彈，高能雷射，能量炮，無論是射程還是威力，均有數倍的提升。

變化最大的還是電漿炮。之前解鎖的只是初級電漿炮，能發射的電漿炮彈直徑不超過兩公分，射程不超過兩千公尺，而且耗費能量巨大，一次發射就能耗盡初始奈米戰甲百分之九十的能量。

但現在，解鎖的是高級電漿炮，電漿炮彈直徑十公分，初速二十馬赫，射程達到了五十公里，雖然同樣耗能巨大，同樣一次發射會耗盡奈米戰甲的大部分能量，但是殺傷力和射程卻已經完全不可同日而語。

如果願意縮小電漿炮彈的直徑，發射初速甚至能倍增不說，射程同樣能擴展到一百公里。

以前只能是在兩公里之內耀武揚威，現在，沈鳳書能相隔百里，一炮入魂，不管對手是普通人還是修士，不管對手是煉氣小輩還是飛升大佬，幾十萬度的高溫下，已經沒有什麼實體物質還能維持形態，一視同仁，眾生平等。

躲？二十馬赫甚至四十馬赫的速度，就算是沈鳳書飆的最快的飛劍，也只有十馬赫，沈鳳書見過的聖級高手，也沒有能超過沈鳳書御劍飛行速度的，只要被鎖定，射程範圍內幾乎全是不可逃逸區。

這是真正的眾生平等炮。

一件飛升級的盾牌法寶碎片，被放置在十里之外，沈鳳書十分瀟灑地對著那個方向一指，一道紫光閃現，遠處那塊法寶碎片，在紫色電漿炮彈接觸的剎那，就直接汽化，瞬間消失的無影無蹤。

眾人的神識一直在盯著那塊法寶碎片，他們都想看看沈鳳書說的十分完美的法寶是什麼威力，結果法寶碎片一觸即潰，悄無聲息的消失，還是把眾人全都嚇了一大跳。

實在是太快了！

只看紫光的速度，眾人就知道，一旦被沈鳳書瞄準，基本上就沒有了逃離的機會。

聖級法寶的碎片，可能只有飛升劫才能將完整的法寶轟成碎片，在沈鳳書的這招攻擊面前，連一眨眼的時間都撐不過，可想而知那一招的恐怖。

好了，這下大家是徹底放心了。沈鳳書就算是不帶著姜老頭山老頭他們，也不用擔心那些聖級高手對他有什麼不利企圖了。殺死一個毫無信心快死了的準聖並不能說明什麼，但直接蒸發一塊飛升級法寶碎片說服力可就太強了。

沈鳳書苦口婆心的讓大家相信他有自保的能力，說一萬遍的效果也比不上來這麼一發。

既然放心了，眾人也就完全不糾結這件事情，丁劍開始回歸正題，詢問這一趟聚會的行程。

小伙伴們都看著沈鳳書，等著沈鳳書確定。反正只要沈鳳書隨便指一個方向，都能碰上一些有趣甚至凶險的事情，足夠大家過得很充實了。

「有一個情況，需要大家一起商量一下。」沈鳳書笑了笑，然後將一個全新的狀況拋了出來。

那個埋伏在初始法身邊上的老傢伙，在臨死之前，藉著法陣的功效，給沈鳳書種下了一顆神識種子。憑藉這顆神識種子，老傢伙家族的人就能夠在一定距離內感應到沈鳳書的存在，如果借助法陣的話，這個距離還會擴大許多。

這是一種大家族或者大宗門常用的給外出弟子增加一個保險的手法，通常來說，一旦這種標記神識出現，那就意味著外出的子弟凶多吉少，宗門或者家族高手只要感應到標記神識的傢伙，直接動手報仇就是。

當然，這種神識標記很難清除，但對於此刻的沈鳳書來說，想要磨滅輕而易舉，但沈鳳書卻保留了下來並沒有消除。

現在沈鳳書就打算問問小伙伴們，是留著這個標記神識，等著那個古老家族的傢伙們送上門來找自己報仇雪恨，還是就此磨滅標記神識，一了百了？

「留著！」沒等小伙伴們發言，同樣聽到了沈鳳書問題的龍見心已經急切的給出了決定。

從龍族學到的真正的知識，直到最近才剛剛鞏固好修為，龍見心有點手癢了。姜老頭山老頭都是比較恬淡的性子，能一坐幾十年不動彈的主，根本不在乎這些。釋海昌佛門的新晉佛陀，同樣能把持的住心境，也只有龍見心會見獵心喜。

小伙伴裡，一塵同樣不在乎，隨著大家的意思，反正對方不管多厲害，肯定沒他厲害，那些傢伙來了，就當活動活動手腳。

不來，也算修心養性，一塵都能接受。

丁劍安正靈和小蠻都有些躍躍欲試，正好龍見心開了口，就坡下驢，全都附和起來。

磨滅標記神識不過是治標不治本的方法，沈鳳書的狀況幾大宗門的不少長老們都知道，消息不可避免的會傳出去，到時候少不了被各種暗中針對和暗算，還不如留著，等著那個家族的人找上門來，一絕後患。

包括龍見心在內，恐怕都是這個心思，只不過龍見心自己是多了點私心雜念，想要趁機活動活動手腳。畢竟這種老牌家族，只要多幾個吞噬了別人純淨神識的傢伙，恐怕都能修行到巔峰戰力，絕對夠勁。

既然大家都點頭附和，那沈鳳書也就從善如流，把那個標記神識留了下來。

至於這樣是不是會有一種忘恩負義的感覺，沈鳳書表示想多了。且不說那個家族老祖創了這麼功法本就有些居心不良的打算，是為自家後世子孫打造鼎爐的。單說沈鳳書自己，他可是實打實的受害者，間接也是被那個功法害的。

不可否認沈鳳書在追溯套娃的時候獲得了實質性的好處，但那又如何，那只是對受害者必要的賠償。九轉輪迴印講究奪舍重修，本就傷天害理，說破大天，沈鳳書也不可能有什麼罪惡感。

相信用不了多久就會有人找上門來，然後龍見心會不再無聊，而小伙伴們也能得到充分的歷練。一時之間，小伙伴們都有點躍躍欲試，都期待著那些傢伙趕緊出現。

不過，等待肯定是免不了的，在等著那個家族找上門之前，沈鳳書並不是傻呵呵的在原地傻等，還有別的事情可以做。

天地散財是肯定要做的，三個那麼大的佛國，現在連一個的一小半都沒弄完，光是這些事情，就足以讓沈鳳書忙碌十幾年的。

「小白小青，這些年妳們一直在稱心天地練習走蛟，想必有些心得了吧？」沈鳳書對著小白小青問道，「如果讓妳們真實的來一次，有多大的把握？」

「練習了千百遍！」小白實事求是的回答道，「但只是在稱心天地中，沒有到外面試過。」

跟著沈鳳書，修行資源實在是太豐盛了，要法寶有法寶，要靈氣有靈氣，要前輩指點有前輩指點，特別是還真有一條真龍龍見心在點撥，身上還各自有龍見心賜下的幾片真龍鱗，小白和小青的修為簡直就是一日千里。

誰家蛇妖能用龍血沐浴的？小白小青可以！誰家蛇妖能每天呼吸著純正的真

龍之氣，呼吸著純正的山川之氣，呼吸著純正的參寶之氣的？小白小青可以！誰家蛇妖沒事就能在雷池裡打個滾，適應一下紫霄神雷的？小白小青可以！

尤其是白龍龍血的灌溉沐浴，這也是小白小青能在化蛟沒多少時日就達到走蛟前期的根本原因，當然，龍見心的龍鱗也功不可沒，真龍的身體部分，實在是太強大了。

稱心天地中，伏羲可以隨時的調整山川地理，構築出小白小青需要的環境，除了沒有真正的凡人之外，其他的一切都栩栩如生，甚至連江河經過處的每一座橋上都懸掛了匯聚凡人生氣的「斬龍劍」，以此來增加小白小青走蛟的難度。

現在兩女已經可以在這種虛擬的環境中，輕鬆的控制著比外界強大數倍的洪峰，一路「攻城略地」，衝入大海。

當然，這些依舊只能是虛擬的。在沒有真正的「人氣」加持的狀態下，是不可能完成真正的走蛟過程的。

「那我們可以到外面選一個合適的地方，選一條合適的大江大河，把江河的流域都仔細的探查一遍，為真正的走蛟做準備了。」沈鳳書很滿意兩女的進度，給出了建議。

既然要走蛟，那當然要來一次完美的走蛟。上中下九洲，至少要選一條最長的大江大河，而且沿途要最多的人口，水勢要最強，這樣完成走蛟之後，小白小青得到的收穫才最完美。

大家都沒什麼重要的事情，聚會也只為遊歷，所以，能見證小白小青的大日子，也是不錯的經歷，誰也沒有反對。

考察合適江河的路上，之前那個老傢伙的家當也被眾人一點一點的收拾了出來。

以沈鳳書和小伙伴們現在的身家，區區一個準聖的家底，根本就不夠看的。老傢伙能拿得出手的東西，除了一些修為停滯不前寫下的大量的焦灼煎熬的日記可以讓大家參考一下心境之外，另一件也就是那種神識尖刺的功法了。

這是一門叫做《破玉錐》的神識攢刺之法，功效極其的強悍。以沈鳳書目前的神識境界，一顆純粹的星球依舊還是能被刺穿，可想而知其攻擊力的強大。

或許是和名字裡帶玉的功法有緣吧，之前沈鳳書有琢玉訣，現在又多了一個破玉錐。

除了涅槃火，沈鳳書暫時還沒有一種可以對外攻擊神識的法門。大部分時間，沈鳳書神識的戰鬥都是發生在自己的識海內部，而動用一次涅槃火，消耗實在驚人，除非是迫不得已，沈鳳書其實也不喜歡那種一動用就會傷人傷己的涅槃火，現在《破玉錐》總算是填補了這個空缺。

有沈鳳書的強大識海為基礎，沈鳳書初次修行這門破玉錐甚至沒超過半個月，就輕鬆掌握。

強橫的神識錐如同實質一般，直接刺入了龍見心的識海中，以龍見心聖級真龍的強大實力，挨了這全力一擊，也是瞬間被毀掉了一個分神。

按照龍見心的估計，普通的準聖，恐怕能接下來這一道破玉錐的少之又少，就算能接下一記，架不住沈鳳書攻擊這麼一下只要一顆恆星來蓄力，而沈鳳書的識海中，這樣的恆星成千上萬顆。

說句不客氣的，就算是亞聖，沈鳳書都能靠著數以萬計的破玉錐將對方神識摧毀。或許有朝一日，當沈鳳書能徹底煉化一顆星系核心的黑洞的時候，遇上真正的聖人也不在話下。

不單單龍見心好奇，姜老頭山老頭都不甘寂寞，讓沈鳳書攻擊了一記，感受了一下這破玉錐的威力。當然，他們也都學了，只是，在神識一道上，哪怕強如姜老頭，好像也無法和沈鳳書同日而語。

沈鳳書神識的品質實在是太高了，即便單獨的攻擊姜老頭山老頭都能發出和沈鳳書棋逢對手的攻擊力，但在數量上，他們差的實在是太遠了。姜老頭山老頭和龍見心一起上，沈鳳書讓他們雙手雙腳，依舊還能維持上風。

當然，沈鳳書也少不了試了試姜老頭他們的破玉錐威力，實話實說，很強悍。強悍到哪怕最弱的龍見心，一擊都能轟碎沈鳳書一顆恆星。那個準聖老傢伙的攻擊威力，給龍見心提鞋都不配。

但也僅此而已。

碎裂的恆星只用了不到十幾個呼吸的時間，就在強大的引力作用下再次匯聚，重新變成了一顆完整的恆星，整個過程中沈鳳書甚至連呼吸節奏都沒有變化一點。

最強的姜老頭的攻擊沈鳳書用一個黑洞毫無所覺得接了下來，黑洞別說碎裂，連晃都沒晃一下。

又多了一門攻擊的手段，沈鳳書非常開心，小伙伴們同樣開心。

相比沈鳳書和三個老頭，小伙伴們修行破玉錐的威力差了太多，他們的長處並不在神識，就連一塵都望塵莫及。

當然，一塵強大的是他的妖力，而不是神識。

這功法其實並不適合所有人，大家只是很開心的和沈鳳書一起修行，儘量讓他忘記九世套娃的遺憾。

四處考察環境的同時，沈鳳書不忘記順手散財的同時沿途收集因果。路過的宗門基本上都將已經蒐集完成的加持祝福以及那些合格的靈植開開心心歡歡喜喜的送到沈鳳書的手中。

對於各宗門來說，門下弟子能了結一個因果就是一個，這可是大好事。對於沈鳳書來說，同樣也是大好事。

大明咒讓新一塵珠越來越強悍，道門五咒和神門四咒分別加持了沈鳳書肉身的各項屬性，雖然每一個修士的加持效果很細微，可數以十萬百萬計的加持下來，沈鳳書感覺自己的肉身已經徹底走向了另一個強悍之極的極端。

從各處書院蒐集到的靈植，加上路過無常谷一次性拿到的數十萬株靈植，姜老頭都沒有全要，只是在裡面挑選了一些適合他培育場的，剩下的絕大多數都留給了沈鳳書。

「把這些種到稱心天地中，儘量分布的均衡一點，很快你就知道好處了。」姜老頭沒有直接說是什麼好處，只是讓沈鳳書將這些靈植都種了下去。

姜老頭的話沈鳳書從來不會質疑，立刻從善如流，將那些靈植種到了稱心天地中。

不過，暫時來說，沈鳳書並沒有察覺到稱心天地的變化，可能是種下去的時間太短，但更大的可能是靈植還不夠多。

要知道，姜老頭的培育場，幾乎是密密麻麻的一個叢林，裡面的每一寸空間都種滿了靈植，而這上百萬株靈植，還不夠讓稱心天地遍布植物。

雖然沒有察覺到變化和好處，但沈鳳書並不著急。修行之人，最不缺的就是時間和耐心，這才走了兩個大洲，以後有的是機會收到更多的靈植。

刨除那些幾乎全都是群島組成的大洲，沈鳳書和小伙伴們在其他的一些大洲上，足足考察了三年多的時間，才算是確定了小白和小青走蛟的水路。

中九洲十川洲最大的那條江，全長超過五萬里，幾乎橫向貫穿了十川洲，途徑數十個國家，流域人口覆蓋超過十數億，如果能成功走蛟，小白和小青成龍之後的前途不可限量。

當然，這等超級難度，就連小白小青自己都有些心中犯怵。平常走蛟，有個兩三千里，穿過一半個國家就已經可以算是大獲成功了，而沈鳳書選擇的這條走蛟路，難度何止提升了百倍？

真要成功了，恐怕小白小青直接就能達到當年龍見心吞噬了龍珠的水準。

「又不是馬上就走蛟，怕什麼？」沈鳳書卻是成竹在胸，笑著解釋道，「走，沿途走一遭，先和經過的宗門打聲招呼，再到稱心天地裡練練。」

走蛟最大的風險之一，除了會引發天劫之外，還有一個最大的風險，就是經常會遇上一些除魔衛道的修士，一旦有修士攻擊，分心之下，自然成功率大減。

沈鳳書可不想讓小白小青功虧一簣，當然是一路招呼打過來，等到真正走蛟的時候，就算是沿途宗門的修士發現了，也只會觀禮，不會出手攻擊。有小伙伴們沿途護衛，沈鳳書還真不怕忽然跳出來幾個不長眼的傢伙。

至於說沿途的宗門會不會不給面子，想多了。心經之後，基本上各家宗門對待沈鳳書的態度那就是最隆重的貴賓，要多恭敬有多恭敬，要多熱情有多熱情，一個區區旁觀的小要求，這也算是要求？

不給面子？知道沈探花身邊那個俊俏的小和尚是誰嗎？

所以，最大的凶險就變成了沿途洪峰肆虐如何收束不生靈塗炭，以及應對引發的天劫了。

這更好辦，花了一年的時間拜訪沿途的宗門並且考察好了環境之後，沈鳳書大手一揮，將眾人都收回了稱心天地中。

「來，按照真實地形，再來模擬幾遍！」沈鳳書指著稱心天地中和外界幾乎一模一樣的地形，衝著小白小青招呼道。

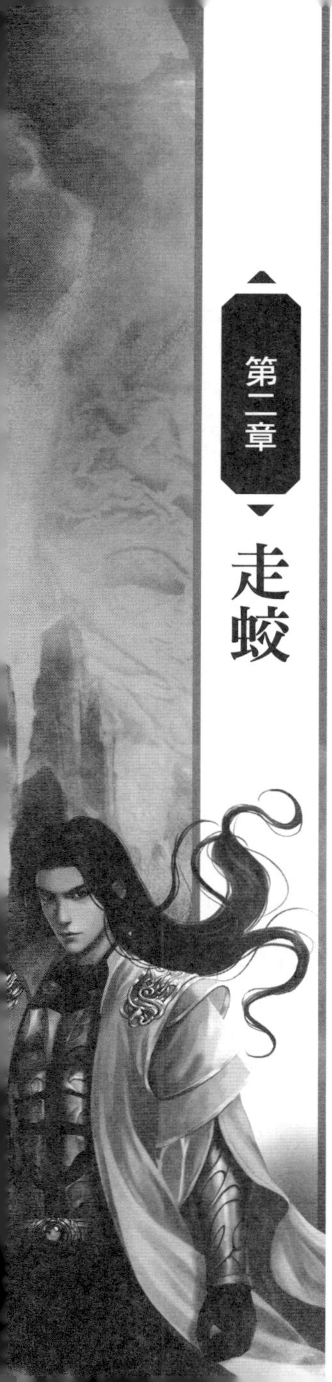

第二章

走蛟

沿路考察下來，沈鳳書和伏羲已經將那條大河沿途的真實世界完全的紀錄了下來，稱心天地立刻開始按照真實世界變幻。

大河長達數萬里，而稱心天地只有千里方圓？這根本不是什麼問題。小白小青走蛟過後，那片區域就會挪移到下游，模擬出下游的地形和城市。循環往復之下，別說數萬里，整個世界都模擬一遍也不是問題。

洪峰要約束？稱心天地裡的洪峰比真實世界的還要大十倍，讓小白和小青直接上來就是數倍的負擔。

生靈塗炭？根本不用擔心，一路上出現的城市和生靈都是模擬的，但卻活靈活現，就算練習過程中稍有閃失也不要緊，重要的是能模擬出各種突發狀況，讓小百合小青能夠做出正確的應對。

沿途的天劫？更好辦！雷池直接扣在小白小青的頭頂，加上沈鳳書和龍見心持續調動的紫霄神雷往下砸，儘量比普通天劫威力要更強。

這麼多年小白小青在雷池中適應，經常沒事就浸泡在雷池中，普通的雷劫早已經幾乎免疫了，紫霄神雷也適應了大半，雷劫根本不在話下。

唯一要注意的，就是其他種類的天劫，尤其是心魔劫。這也是唯一的一種沈鳳書無法幫上忙的天劫，當年沈鳳書就困在心魔劫中足足有半年之久，不知道小白小青能不能安然度過。

「我們一定可以的！」小白小青聽完沈鳳書的分析，直接信心爆棚。

在沈鳳書身邊這麼多年，聖言異象看過多少次？心境更不是最開始那兩條想要抱大腿的小蛇妖能相提並論的。如果老爺都已經安排到了這個地步她們還沒信心的話，那也枉兩女跟著老爺這麼久了。

接下來，光是在稱心天地中模擬真實環境走蛟，小白和小青就花了整整一年的時間，從最開始磕磕碰碰跌跌撞撞到後來的一路暢通，就連什麼都不懂的人都能看出來她們巨大的提升。

沈鳳書和小伙伴們則是在這段時間裡，繼續走了幾個大洲，慢慢的收集因果的同時，也在各處散財，真正的享受了一次無憂無慮的遊玩。

以前每次和沈鳳書出行，總有這樣那樣的事情出現，總有這樣那樣的對頭出現，給眾人的旅途中增加一點波折，增添一點興致，但這次沒有，一個礙眼的人都沒有跳出來，風平浪靜。

一路上到哪裡都能遇上好人，說話又好聽，態度又和藹，溫良恭儉讓，這個世界簡直就是個君子國度大同世界。

「這還得是託一塵的福啊！」沈鳳書自然知道根本原因是什麼，笑呵呵的說出了原因。

其實沈鳳書不說，大家也心裡有數。自從一塵被爆出絕世大妖的身分之後，除了那個幾十年閉死關不出根本不知道外面發生了什麼事情的老傢伙敢對沈鳳書出手之外，哪個長腦子的傢伙敢對這個小團體流露出哪怕一點點的不耐煩？活膩了？絕世大妖伸出一根手指頭弄死你之後還能順手超度一下賺點功德，人家還有一個身分是佛門菩薩，同時還能帶上你整個宗門整個家族闔府上下男女老幼在另一個世界團聚，圓你一個全家大團圓一個都不能少的夢想。

當然，在這個通信基本靠吼的世界裡，也不乏有大把的偏遠地帶的小修士根本不知道外面的世界有多精彩，但這種類型的小修士，見到沈鳳書等人，直接就會被氣息壓制的大氣都不敢喘，遑論搞事了。

基於同樣的理由，沈鳳書等人一直在期待的那個自創了九轉輪迴印的家族也始終沒有找上門來，也讓沈鳳書略有失望。

綜上，這一趟的聚會遊歷，其實已經從以前的各種不經意的冒險收穫變成了收帳之旅，沿途經過的每一家宗門，沈鳳書基本上都會拜訪，還會接受對方的隆重熱情招待之後，在對方宗門風景最美的地方畫一幅畫寫一幅字，日子是真的逍遙。

隨著靈植種植的數量越來越多，沈鳳書慢慢發現，稱心天地有點變化了。伏羲也同時給出了量化的指標，相對來說，靈植種下之後，原有的空間越來越變得穩固起來，雖然提升的穩固程度暫時還不是很高，但在伏羲的精準測試下，空間的穩固度提升和靈植的數量以及生長時間會成正比。

靈植數量越多，空間越穩固，這一點毋庸置疑。但生長時間越長空間越穩固，委實是出乎了沈鳳書意料的。

植物和空間穩固是怎麼聯繫起來的？難道是因為植物的根系能夠深入生長，固土固沙的緣故？

也許吧！深究原因沒必要，沈鳳書又不是做研究的，只要能達到目的就好，樹姥姥一棵樹天然生長的樹心陣勢就能穩固空間，大量靈植同樣可以又有什麼不能理解的？

修行還能修到和環保相關了？沈鳳書自己納悶的同時，還不忘記同時提醒小白小青，走蛟練習的時候多多練習一下借助洪水沖刷疏浚一下沿途河道，這可是澤被天下，惠濟蒼生，造福桑梓，恩澤黎民的大好事，功德無量。

要知道，有些河道因為河面寬闊流速緩慢的緣故，河水中的沙土會不停的沉澱淤積，將河道不斷地抬高，使得洪災頻發，動不動就堤岸決口，民眾叫苦連天。如果小白小青能把這些淤積的河道泥沙一把帶走，放到哪裡都是天大的功德，對於修行絕對有著無法估量的好處。

聽到沈鳳書明目張膽的吩咐著小白小青，眾人一時之間都不知道該說什麼才好。

一直以來，大家的固有觀念都是仙凡有別，最好相忘於江湖，互不干擾，這也是絕大多數修行人士的共識。修行最忌諱沾染凡俗因果，紅塵歷練是不得已，但能不沾染還是不沾染的好。

但像沈鳳書這樣動不動從凡人角度考慮的修士絕無僅有，以前琢磨的學問都是不用大神通都能研究的，現在還不忘記提點自己的侍妾主動做這些事情，實在是有點多管閒事的感覺。

但誰也不能否認，如果小白小青真能做到沈鳳書說的那些，冥冥中的功德暫且不論，單只是走蛟沿途的那些國家就能國運大增，人皇紫氣的回饋都能讓沈鳳書和龍見心開心死。

反正聽老爺的話總沒錯，這麼多年大家已經習慣了，小白小青甚至連思考琢磨一下的心思都沒有，就直接點頭，然後投入到了更加瘋狂的練習中。

也只有沈鳳書這裡，才會有這樣的條件，讓小白小青能在走蛟之前先虛擬的練習上無數次，增加許多的把握。甚至於在沈鳳書說出可以模擬走蛟的時候，包括姜老頭山老頭在內，都是一臉的驚詫。

對沈鳳書來說，題海戰術模擬考試那不是常識嗎？可對這個世界的修士來說，完全沒有這種概念。

以前是真的沒人想到過啊！

眾人也是好奇，想要知道這樣的效果到底如何。雖然從理論上說，肯定比什麼都不做就那麼盲目走蛟強，但到底能強多少，總要有個實例在才好參考。

在繼續遊山玩水散財修行一年之後，小白小青終於主動站到了沈鳳書的面前，決定走蛟。

沈鳳書等的就是這一天。別人再怎麼鼓勁，再怎麼支持，如果小白小青自己不主動面對的話，那也只是徒增兩女的壓力。只有她們真正自己做出了決定，才會有真正的信心來正確面對。

招呼是早就打過了的，沿途宗門甚至十分給面子的通知了他們地盤內的散修，絕不會在小白小青走蛟的時候出來搞事情。沈鳳書等人也會一路跟隨，既是觀禮，也是護法，免得有頭鐵不長眼的傢伙跳出來。

「一起走蛟？」面對小白小青主動提出來的建議，沈鳳書有點詫異，「妳們確定？」

走蛟對於小白小青來說，其實就是渡天劫，兩人同時渡劫，天劫的威力能增加兩倍以上，難度更高，凶險更多。

「我們練習了這麼久，為的就是這一天。」一向跳脫的小青沒說話，反倒是溫婉的小白笑著解釋，「一起走蛟！」

沈鳳書很滿意兩女的這種積極向上的心態，明知山有虎，偏向虎山行，明知道一起渡劫風險會倍增，還能勇敢面對，這才是好姑娘。

身邊的無論朋友還是侍妾，都是這種迎難而上的性格，沈鳳書很開心。

「去吧！」給了兩女一個鼓勵的眼神，沈鳳書一指大河的源頭，「我們替妳們掠陣！」

小白小青衝著沈鳳書恭恭敬敬的施禮，隨後又轉向小伙伴們，同樣恭恭敬敬的施禮，隨後一轉身，齊齊現出了原形，一黑一白兩條頭頂長了單角的巨蛟，身形飛速的縮小，變成了尺許長短，一前一後鑽入了那條淺淺的小溪流中。

大河源頭的小溪流，隨著兩條小蛟龍的進入，開始盪漾起一陣陣的微小波瀾，明顯的深度都加厚了至少一倍。

天空中，風雲變色，無數的烏雲轉眼間將天幕遮蔽的嚴嚴實實，十幾個呼吸的時間後，天空開始掉落雨滴。雨滴掉在地面，凝聚成無數條涓涓小流，開始向著那條明顯的河道中匯聚。

隨著河水暴漲，小白小青的身形也隨之變大，攪動起波浪，向著下游狂衝而去。

百里之後，大河的水就已經變成了山洪，挾裹著兩條蛟龍，瘋狂向著山下衝去。

暴雨如注，夾雜著震耳欲聾的天雷，整片天地都陷入到了那種恐怖的黑暗中，大河流域所有的支流區域都在狂降大雨，水位漲的速度讓人心驚肉跳。

黑白兩道蛟影在大河中時隱時現，眾人只是靜靜地跟隨，遠遠地看著，不打擾不幫忙，如同一群石雕泥塑的觀禮人。

在稱心天地裡模擬一萬遍，也比不上真實世界走一遭。雖然盡可能的提前考慮到了各種的意外情況，但真要是遇上了什麼，一切困難都要兩女自己解決。

好在這種全流域洪災的情形，伏羲早有預料，早已經做過了預案並演練過，兩女應付的很輕鬆。

支流的水一旦匯入乾流，立刻就變成了兩女體外裹著的巨大的水龍捲，翻騰咆哮著以一種決堤之勢向著下游瘋狂衝去。

因為選的大河實在是太長，幾乎是普通蛟龍走蛟長度的數十倍，以至於就連天劫都醞釀了數十倍的時間。

眼看著天空沉的幾乎要掉到河面上了，眾人都能感覺到天空中劫雷積累的威力，紛紛為小白小青捏了一把汗。

正挾裹著數萬噸的河水沖擊的兩女，忽地停下了身形。

眾人全都是一愣，不知道為什麼會在這種應該藉著水勢向下游衝擊的時候停下來，使得前面積累的勢能立刻功虧一簣。

「恭請老爺護法！」小白小青身在水中並沒有其他的動作，只是齊刷刷地對沈鳳書發出了邀請。

大家立刻恍然。

誰不知道沈鳳書蹭天劫會有莫大的好處？這一趟兩女同時走蛟引發的天劫，絕對超過準聖劫五倍的威力，兩女可沒有光想著自己，這等好時機，還不讓自家老爺也沾光？

至於沈鳳書加入還會帶來更大的天劫威力，兩女早就考慮好了。若非如此，怎麼會練習那麼多次，就是為了這一天啊！

「好！」沈鳳書沒有拒絕兩女的好意，主動飛到了兩女中間。

不等沈鳳書找好自己的位置，小白巨大的身形已經竄到了沈鳳書下方，將沈鳳書穩穩的頂到了自己的頭頂，那支獨角的後方，讓沈鳳書可以輕鬆的抓住獨角，站穩身形。

「老爺只管吸收好處，不用替我們姐妹降低天劫威力。」小青在前方補充道，知道沈鳳書加入能控制天劫威力，提前對沈鳳書請求道，「只求老爺能讓天劫更厲害些！」

語氣中的那種自信和希翼，讓沈鳳書說不出的欣賞，這才是他心目中敢水淹金山寺的白蛇和青蛇啊！

「走！」兩女有命，沈鳳書自當遵從，對自己對小白小青都有好處的事情，傻瓜才不做。

一個字出口，天空中再次風雲變色，原本黑沉沉的天空忽然間恍如整個的燃燒起來，天光瞬間大亮。

但眾人卻全都緊張了起來。沈鳳書全力催動自己的金丹加入到了天劫之中，帶來的天劫威力豈止是倍增這麼簡單，剎那間就狂漲了十倍。

不是普通天劫的十倍，而是在小白小青同時渡劫引發的數倍天劫的威力基礎上的再次提升。只這一點就能看出，沈鳳書自身的實力早已經遠超小白和小青。

沈鳳書走字出口，兩女即刻起身，速度卻一如之前借水勢一路的積累。剛剛說話間雖然看似停了下來，但兩女身邊的波濤卻始終在高速流轉，兩女自身細長龐大的身軀也始終在水中高速穿行，幾句話的時間裡，並沒有消耗掉太多水勢。

聰明的姑娘！

沈鳳書心中暗讚一聲，然後靜靜地站在小白的頭頂，等著天劫降臨。

當第一道天劫落下的時候，小白小青已經離開源頭兩千里。

大河匯聚了無數的支流，已經變成了一條真正的大河。

黑蛟小青一馬當先，在前方「攻城略地」，挾裹巨大的水勢，將沿途的河道都清理加深一大截，同時將那些淤積的泥沙席捲在水中，連帶身邊的那些河水都變成了黑水，乍一眼看去，就好像小青的身體加粗加長了數倍一般。

白蛟小白卻是在後方，為小青保駕護航的同時，也在為小青掃尾。小白要控制住因為她們走蛟而帶來的巨大洪水，不泛濫不傷害到兩岸的生靈，同時還會在合適的地段，將那些蘊含了無數腐殖質肥沃無比的河底陳年淤泥堆積在沿途兩岸的農田之中。

單靠兩女攜帶數萬里河道的淤泥，那顯然是不可能的事情，所以，特意挑選的這個季節，農田已經收穫，堆積肥沃淤泥正是時候。

減負的同時還對自身有好處。

疏浚河道是造福桑梓，堆積淤泥同樣也是恩澤黎民，都是功德，都是福德，傻子才不要。

天劫落下，只一個落雷，就點亮了一人兩蛟。在被劫雲整個遮蔽的黑夜中，他們三個簡直就是最耀眼的明燈。然後就沒有然後了，點亮了一會，三人就恢復了正常，如同劫雷沒有出現過。

沈鳳書一臉舒坦的享受著天雷的沐浴，就連四海玉葫中，都瞬間多了那麼一抔醇厚的天劫雷漿，純粹的準聖劫雷轉化的雷漿，相信兌到其他的美酒中，一定會讓那種美酒別樣的醇美。

一人兩蛟的走蛟過程，前期異常的順利，每衝擊幾千里的河道，便有一道天劫落下，滋養沈鳳書的同時，也在錘鍊小白和小青。

相比各種典籍中記載的走蛟的困難重重，小白和小青這裡卻是順利無比，幾萬里下來，不但沒有死一個凡人，路過的大河河道還被徹底疏浚了一番，兩岸多出上千萬畝良田，不知道會惠及多少生民。

無法想像的功德福德直接引發了人皇紫氣憑空降臨護體，哪怕天劫的威力強出正常數十倍，可小白小青依舊拚盡全力接了下來。

小伙伴們在後面不遠不近的跟著，既不會近到影響天劫的地步，又不會遠到無法照顧的地步，反正不管出什麼事，一塵總能照顧到的。而且論速度，經過沈鳳書指點的丁劍，劍光快的可不是那麼一點兩點。

本以為沈鳳書已經提前打過來招呼，各路宗門都給面子，這一趟走蛟應該是一路暢通的，可是，就在小白小青走蛟到了最後的階段，連過三十幾關，硬接三十五道天劫，只剩最後一道天劫的時候，偏偏就出了事。

沿途宗門是很上道的，這些年甚至還通過各自宗門的坊市，通知了路過的修士，讓他們不要打擾沈探花侍妾的好事。好奇可以遠遠觀禮，萬萬不可打擾。

問題是，百密一疏，恰好就在這個關鍵的時候，有那麼幾位強悍的修士恰好遊歷至此。因為是剛來，所以還沒來得及收到本地宗門的通知，但卻敏銳的察覺到了有蛟龍在走蛟。

當先的那位修士，意識到竟然有蛟龍在這等大河之中走蛟，直接氣得渾身發抖。

尋常走蛟，兩三千里河道，一個不小心就是哀鴻遍野民不聊生，可現在，竟然有孽畜用數萬里的大河走蛟，那豈不是生靈塗炭伏屍億萬？這等滔天大禍，怎麼就有人敢？

遠遠一看，兩條蛟龍，嫉惡如仇的幾位修士怒氣值再次上升，這豈不是天劫威力提升數倍，造成的災難同樣數倍？

不對！後面那條白蛟身上，竟然還站著一個人影！這是怎樣作惡多端罄竹難書的大惡人，居然和惡蛟勾結，獻祭大河沿岸數億生靈，他們想要做什麼？

「魔修孽畜！受死！」幾個準聖修士極有默契，齊齊祭出了法寶，說不得，今日裡就要斬妖除魔，拯救蒼生。

隨著幾個準聖修士攻擊的加入，局勢立刻發生了變化。

天劫可不管是不是有人幫忙還是幫倒忙，只要進入了籠罩範圍之內，一視同仁，都當幫忙的，然後統一增強威力。而小白小青因為挾裹巨量洪水的緣故，真身超過了千丈，天劫籠罩範圍巨大無比，幾個修士一動手，立刻就進入到了天劫範圍之內。

天劫威力瞬間再次增加數倍！

小白小青正在全力走蛟護生的同時應付天劫，突如其來的數倍天劫，差點讓她們直接心神失守。

好在沈鳳書一直在小白頭頂蹭天劫，見勢不妙，立刻自己多承擔了多出來的大部分劫數，可依舊還是對最後一道天劫束手無策。

這次走蛟的最後一道天劫，除了明面上的雷劫風劫火劫之外，還有最致命的一擊，那就是心魔劫。

外在攻擊，沈鳳書可以一肩承擔，但這種發自內心的劫數，沈鳳書卻是一點都幫不上忙，只能眼睜睜地看著兩女直接陷入到了心魔劫中，直接喪失了神智。

該死！

沈鳳書怒氣勃發，不過，不用沈鳳書動手，那幾個「嫉惡如仇」的修士就已經遭到了報應。

本以為惡蛟走蛟成就偽龍，不過是煉虛劫，他們準聖修為，手拿把掐，輕鬆度過。誰知道大河走蛟難度提升何止數十倍，加上沈鳳書，更是再接再厲，單論天劫威力，已經超過了普通的準聖劫十數倍，好死不死的幾位準聖還加入其中，又是十數倍的威力提升。

正常修士渡劫都要提前準備數月數年不等，幾個毫無準備的準聖，上來就面對百倍的準聖劫。

「不……」現場直接響起了一片悠長的慘叫聲。

第三章 算你厲害

沈鳳書並沒有多理會這些突然跳出來的「大俠」，現在兩女夾帶上他引發的天劫，境界名字上不帶個聖字，誰碰誰死，那些大俠死定了。沈鳳書在意的是，小白和小青會不會陷入心魔劫無法自拔。

當年沈鳳書偶然間進入到了心魔劫之中，足足在裡面睡了半年，不知道在幻境中殺了多少生靈這才得以脫困，成功度過心魔劫，當時的凶險，沈鳳書都不想多回憶。

想想那麼多的大和尚們都因為心魔劫而成了入魔人，凶險可想而知，沈鳳書也不由得為兩女擔心，她們是妖族，後果只會更嚴重。

剛剛那一下，兩女只是相差毫釐間，就先後進入到了那種失神狀態中，可走蛟的路途還有最後一截，麻煩大了，這要是不能完成最後這段，恐怕數萬里的辛苦就要功虧一簣。

不過，這擔心也只是一瞬間，沈鳳書馬上就發現，兩女雖然心神已經陷入到心魔劫之中，可身體還在本能的挾裹著洪水沿著河道一直向下。

這就好辦了！

雖然最後這段路途兩女不太可能主動的疏浚河道處理淤泥，可是，只是本能的帶走洪水，衝入大海就算是功德圓滿了。沒有什麼能比成功完成走蛟更讓人驚喜的了，後期這段功德福德，不要也罷，只要本身沒事就行。

修行，最忌諱貪得無厭，得隴望蜀。

沈鳳書站在小白的頭頂，強忍著自己要出手幫忙控制洪水的沖動，心驚肉跳的看著兩女近乎閉著眼睛沿著河道向著大海衝去。

畢竟還有最後的數千里之遙，一旦哪裡不對勁，立刻就會失敗。

沈鳳書其實自己並不擅長御水，他真正擅長的是御冰，太陰玄冰可以玩的出神入化，如果兩女隨時出狀況，沈鳳書就打算立刻將這片區域所有的洪水都冰凍，決不能讓洪水泛濫造成生靈塗炭，寧可自己插手導致走蛟失敗，也不能有損兩女陰德。

這個時候，所屬區域的宗門外事長老早已經把那幾個突然跳出來的「嫉惡如仇」的大俠在心中罵了個狗血噴頭。

你們這些傻瓜找死能不能死得遠一點？為什麼要連累我們？

觀禮並順便處理一些意外情況的外事長老已經快要哭了，就在前一瞬間，強橫霸道的絕世大妖一塵的神識已經掃過了這片區域，神識中蘊含的情緒，讓外事長老差點直接一哆嗦暈過去。

這一趟兩女走蛟不出事便罷，一出事絕對是宗門屍橫遍野的結局。沈探花還可以講道理，絕世大妖那就不是講道理的對象，更不是他為人處事的方式。就算最後成功走蛟，宗門恐怕也得雙手奉上厚禮以表「慶賀」。

外事長老簡直是欲哭無淚啊！明明是一件大好事，只要平平穩穩什麼事都不用做就能撈一個大人情，哪裡來的冒失鬼啊？修為那麼高了，心思還那麼單純，活該他們死無葬身之地。就算死了，宗門也得挖到他們的根底，找上他們的家族，宗門的精神損失費，大家得好好算一算吧？

沈鳳書覺得自己的氣運一直是很不錯的，他是由衷的希望這個時候能把自己的氣運分給兩女一些，不求太多，只求她們這種本能失神狀態下能順利走完這最後一段河道。

或許是上天聽到了沈鳳書的祈禱，或許是沈鳳書的氣運真的分了一部分給兩女，就在沈鳳書一路上提心弔膽的防備中，小青打頭，小白收尾，兩女有驚無險的挾裹著洪水淤泥，一路沿著河道，本能的衝進了遼闊的大海之中。

不管怎樣，這走蛟的過程總算是圓滿完成，後續這段，中規中矩，既沒有賺到更多的功德福德，卻也沒有損失陰德，只能說平平無奇。

當黑白兩蛟龐大的身軀徹底衝進了大海之中的那一刻，沈鳳書懸著的心總算放回了肚子裡，長出了一口大氣。

但沈鳳書已經很滿意了。這結果，不能奢求更多了啊！

走蛟的儀式已經完成，現在就只剩下最後的一樁，那就是兩女什麼時候才能從心魔劫中走出來。

沈鳳書當年花了半年的時間，本以為兩女就算是速度快點，怎麼也得好歹花幾個月，結果還沒等沈鳳書將兩女連同她們周遭的海水收進稱心天地中，兩女的雙眼就已經睜開了。

更令人詫異的事，最先睜開眼的是小青，隨後過了幾秒鐘時間，才是小白。

這麼快？

沈鳳書還來不及驚訝，兩女的氣息就已經開始蛻變，同時伴隨著身體的變化，讓沈鳳書一肚子的問題都咽回了肚子裡。

上天是公平的，只要不是沈鳳書這等被限制了修為境界提升的修士，度過了什麼劫數，自然而然就會帶來什麼樣的境界。

兩女既然度過了準聖劫心魔劫，那修為境界自然也跳過了準聖，一舉邁入了亞聖的境界。這很容易理解，上學是要一年級一年級上的，但有些優秀的學生就是可以跳級。

只是片刻間，小白小青身上就開始產生了巨大的變化，最明顯的就是長出了雙角，而不是之前的獨角，身形雖然變化不多，可身上的鱗片卻已經轉變成了純正的龍鱗，龍爪雖然是三指，可每個爪子上都已經多了一個很明顯的凸起，想來用不了多久，那個凸起就會變成第四個指。

現在兩女的境界，大概相當於龍見心剛剛化龍成功，還沒有吞服龍珠的那個境界，亞聖剛過，還需要大量的積累夯實。

小白最終變成了一條通體雪白的白龍，小青則是變成了一條全身黑亮的黑龍。一白一黑兩條長龍在空中纏繞交雜，每一個動作都和諧圓滿，就如同一個不停運動著的太極圖。

熟悉的真龍之氣猛地向外爆發，緊接著又猛地收回了兩女體內，片刻之後，白龍黑龍再次變成了熟悉的小白小青的模樣，笑吟吟的飛到了沈鳳書面前施禮。

「多謝老爺庇護。」兩女齊齊嬌聲道謝。

雖然那段時間兩女心神都在心魔劫之中，但外界發生了什麼事，事後還是能想起來的。最後的那段路途，兩女完全可以說是借助了沈鳳書的運道，否則哪有那麼順利？兩女道謝絕對是發自內心的。

「成功就好！」

沈鳳書大喜中，將一把將兩女摟入懷中，今天簡直是太開心了。

剛出事那會，沈鳳書覺得只要兩女平安就好；發現兩女可以本能繼續之後，又覺得能順利完成就好；現在心魔劫竟然輕鬆度過，給沈鳳書的驚喜已經大大超過了沈鳳書預期。

「話說，妳們的心魔劫怎麼度過的那麼快？」這是沈鳳書完全不理解的地方，直接開口問道。

「妖族只要遵循本性做事就好，哪來的心魔？」小白小青還沒說話，一塵的聲音就已經平靜的傳來，「又不是人族，左思右想瞻前顧後，徒增煩惱。」

「我就是想著趕緊成功讓老爺開心一下，結果就好了。」小青緊接著十分爽利地說道。

「妾身也一樣。」小白被小青搶了先，也不惱，笑盈盈地接著說道，「就是牢記著老爺說的不要傷到沿途生靈，入海之後馬上就清醒了。」

沈鳳書都不知道該說什麼才好了。自己當年在心魔劫中，滿手血腥生靈塗炭，直接變成了一個劊子手，在心魔中恐怕虛擬殺掉的敵人也得數以萬億計了。就這還在心魔劫中被困了足足半年多的時間才脫困。

哪像小白小青，這渡劫也太簡單了吧？簡直就是開掛啊！

偏生沈鳳書還不能問，問就是因為老爺，老爺就是他們的掛。想想沈鳳書自己渡劫都沒得掛可開，上哪說理去？

種族優勢，沒辦法，就是這麼豪橫。當年山老頭好像也是如此，沈鳳書索性也就不起嫉妒之心了，雖然根本也沒有那個心思產生過。

小伙伴們趕過來，都是衷心的向兩女道賀，眾人其樂融融。

沒過多長時間，那位咬牙切齒了半天的外事長老也一臉慶幸地趕了過來，二話不說，先道歉再祝賀，一個乾坤袋送上，權當賀禮，不收都不行。

沈鳳書推脫了兩下，代表兩女收下，反手又送了一批回禮。待人接物這方面，沈鳳書現在已經爐火純青，嫻熟自然，完全可以稱得上是覺行圓滿。

外事長老徹底放下了心，隨後懂事的告辭，還有幾個「大俠」需要挖出根底，找他們索要精神損失呢！

不好在這裡久待，沈鳳書立刻帶著眾人起身離開。

稱心天地裡，小狐狸精們和釋海昌的紅顏知己們毫不掩飾她們的羨慕之情，一個勁的沖小白小青道賀，嘰嘰喳喳笑鬧成一片。

熱鬧之後，眾人才聚在一起，聽姜老頭山老頭釋海昌和龍見心以及一塵對這次走蛟的評論和總結，哪裡做得好哪裡做得差誰也沒客氣，該誇就誇，該罵就罵，兩女乖乖的聽著，一句二話都沒有。

末了，龍見心拉著兩女去了安靜的地方，給兩女指點龍族修行的一些精要。眾人知機的誰也沒有打聽。

「小沈，接下來有什麼安排嗎？」安正靈見大事安頓好，這才適時的開口問道。

「暫時沒計畫。」沈鳳書笑問道，「安師兄有什麼建議？」

「書院有一批隱世長老近期要飛升。」安正靈也沒客氣，直接說道，「我師父也打算一起飛升，我想帶你回去觀禮告別。」

璇璣書院有一批隱世長老要飛升？

沈鳳書只是愣了一下，就覺得理所應當了。

隱世長老，就是平常不怎麼出現的長老，高機率是在天穹陣法當中值守，所以輕易見不到人。

既然沈鳳書已經把域外天魔都給清理的差不多了，那麼天穹陣法當中也就不需要那麼多人日夜守護。而每一位在凡間滯留的飛升級高手，日常的消耗都是億萬倍於普通修士的，即便這個世界靈氣資源再豐富，恐怕也架不住這樣的消耗。

以前天魔肆虐的時候那是沒辦法，為了守護眾生，消耗大點各方也就捏著鼻子認了，畢竟性命要緊。可現在，既然天魔已經消失的差不多，那這批數量巨大的飛升級高手，恐怕也就有了飛升的必要性。

從飛升高手自身的角度來說，他們難道不想飛升到上界享受更美好的修行生活，見識更強大的修行境界嗎？那還不是為了天下蒼生？一朝蒼生負擔放下，立刻覺得無事一身輕，自己也終於可以背負生靈責任，去追求自己的目標了。

於公於私，好像這些隱世高手也該飛升了。之所以滯留這麼幾年，大概也是仔細探查了一下域外天魔的狀況，發現是真的消失了，這就再也沒有了束縛他們的羈絆，可以放放心心坦坦蕩蕩的飛升了。

這樣的人，沈鳳書還是佩服的，哪怕沒有別的心思，去觀禮送別一程也是應該的。何況，安正靈這麼叮囑，肯定有白前輩的意思，估計到時候，又有一大批天劫可以蹭了。

反正對沈鳳書只有好處沒有壞處的事情，都不用徵求小伙伴們的意思，大家一致同意，立刻接受安正靈的邀請，直奔璇璣書院。

沈鳳書也無所謂，小伙伴們聚在一起就是四處遊逛長見識開眼界，還有比觀禮這麼多超級高手現場渡劫飛升更長見識更開眼的事情嗎？

除了璇璣書院，恐怕道門神門佛門的一批頂尖高手，接下來這些年內都會陸續飛升。

理由都是一樣的，就算有些高手不想飛升，最多也就是推遲幾年，安頓好也得走，因為你不走，別家宗門對等的高手就不能走，大家必須維持一個平衡，到最後，還是不得不飛升。

白前輩的飛升應該是早就計畫好的，本來就說安頓好宗門安頓好安正靈的修行之後就飛升，就算沒有域外天魔被清除也會飛升，算算日子也差不多，難怪安師兄會掐著點提議沈鳳書過去。

小美等人可沒有小白小青這麼強的機緣，真龍之血真龍之氣真龍之鱗片各種加持，還能在稱心天地裡練習數十年走蛟，她們只能按部就班的一點一點的晉級，好在大家都已經到了出竅境界，和當年的芷青魔女同級別了。

以後只要跟著老爺，從沈鳳書身上汲取各種靈感和機緣，小狐狸精們前途不可限量，未來博一個舉霞飛升也不在話下。

一路沒耽擱，但也沒著急趕路，平靜的來到了璇璣書院。

有安正靈帶路，加上沈鳳書本人在，身邊還有一塵，璇璣書院是擺出了最隆重的待客標準來接待的，一路迎到了宗門核心的夫子堂。

出面接待的不但有書院現任的山長，還有幾位隱世長老一起，加上沈鳳書之前接觸過的白前輩和蔡志新等熟人，可以說是給足了面子。

沈鳳書當然也不缺禮數，飛升的長老們每人十斤醉生夢死寶參酒，飛升之前喝點，絕對能提升成功率。就算不需要，留給後輩弟子，那也是不可多得的滋補佳品。

這些隱世長老聖級高手們，也只是從白前輩和蔡志新的師父口中聽到過沈鳳書這個小輩，自然也知道他當年讓一眾聖級高手有什麼問題都可以請教的「壯舉」，對於這個素未謀面但名聲大的驚人的小輩也是相當的好奇。

一番交流下來，一眾飛升級大佬在白前輩的帶頭下，甚至主動邀請沈鳳書「參與」到他們的飛升過程中，他們實在是好奇得緊，一個金丹小輩，就算是看起來稍微有點實力，又有什麼資格能承受他們的飛升劫呢？

只要這小輩不怕死，這些隱世大佬不介意多加一個小輩引發更大一點的飛升劫，沈鳳書的境界實在是太低，就算是提升天劫威力也有限的很，還能讓他們近距離觀察解惑，權當飛升過程中解解悶也是不錯的。

是的，沈鳳書的作用，在這些隱世長老們眼中，就是一個解悶的陪襯。這麼多年鎮守天穹陣法，這些長老們的實力早已經超出了飛升許多，天劫威力大點小點，真沒什麼區別。

白前輩第一個打樣。白前輩從安正靈這裡知道的消息，沈鳳書可以從蹭天劫當中得到一定的好處，本身自己就承了沈鳳書的人情，還是自家弟子的好友，那自然是要帶頭照顧一番的。

於是，在一群隱世長老們驚詫的目光中，沈鳳書就站在白前輩身邊不遠處，全程參與飛升劫，毫不躲避不說，連稍微大點的可能驚擾到白前輩的動作都沒有，若無其事的接下了所有的加強型天劫。

這怎麼可能？可親眼所見，誰也無法否認。白前輩的動作他們同樣看的分明，根本就沒有分出一絲一毫的精力兼顧旁邊的沈鳳書，可沈探花一個區區金丹，就算是超級金丹，又如何能接下如此恐怖的飛升劫？

要知道，金丹境界，距離飛升，中間至少還有元嬰，出竅，煉虛，準聖，亞聖，聖人六個大境界的差別，六個大境界，每個境界就算是十倍差距，那也是百萬倍數的差距了啊！怎麼做到的？

完全沒看出來其中奧妙的一眾隱世長老，幾乎連休息的時間都沒有，就開始一個個渡劫。

現在渡劫早已經不是問題，隨時隨地都可以，渡劫後也不會馬上飛升，還能有一兩年的時間安排各種事宜，所以誰也不在意會不會馬上離開，現在大家最想知道的，就是沈探花這個小輩到底有多神奇，到底能承受多強的超級天劫，到底是怎麼做到的。

不解開這個疑惑，似乎大家連飛升都飛得不安心了。

於是乎，一連串的奇蹟在眾人面前展開。一個接一個的超級天劫落下，而沈鳳書卻始終站在那邊，面帶微笑，心含感激，從容不迫，氣定神閒，不動聲色的笑納了諸位前輩的大禮，然後送上一連串近乎不要錢的祝福和感謝。

可整個過程中，近在咫尺的隱世長老們，卻沒有一個能發現沈鳳書的奧祕，就感覺他站在那裡，就好像一座沉穩不動的山脈，無論風吹雨打雷鳴電閃都對他毫無影響。

最後，一群隱世長老們，包括參與觀禮的書院高層和賓客們，也只能發出一聲疑惑的感嘆：「後生可畏啊！」

同樣感嘆的，還有沈鳳書自己。

不能不說，璇璣書院這個天下第一書院，底蘊是真的深厚啊！

雖然沈鳳書不知道昊天門和天玄宗到底有多少飛升級高手，但是璇璣書院這一次就有三十多個隱世長老飛升，一個宗門隨隨便便就能在幾百年間積累這麼多的超級高手，當真可以稱得上一聲深不可測。

窺一斑而知全豹，從璇璣書院一家，基本上就可以判斷出上九洲各大宗門有多強的家底，一個比一個雄厚啊！

難怪這段時間，中九洲下九洲一點雜亂的聲音都沒有。原先上九洲各大宗門就把下級宗門壓得死死的，現在各自的隱世長老回歸，一個賽一個的豪橫，下面的宗門別說有微詞，連大氣都不敢多喘一口啊！

沈鳳書這幾年遊歷，太知道了。

這些從天穹陣法當中回歸的隱世高手們，可能在陣法當中憋得太狠了，回到世俗世界之後，那是一連串的放鬆，也算是另一種形式的紅塵煉心。這段時間裡，不知道有多少只是做了點小惡的傢伙被各方宗門在自己底盤內順手清理掉，原因就是害怕傳出去哪怕一絲壞名聲，被這些超級大佬們盯上。

之所以小白小青走蛟的時候會出現一群「行俠仗義」的大俠，也是因為這樣的心態，整個天下，生怕有一點壞消息影響到了這些大佬們的好心情啊！

大佬們排隊渡劫，沈鳳書是真的蹭美了。

飛升劫一個比一個強橫，有些甚至主動要求沈鳳書自己也釋放出點氣息，加強飛升劫的威力。等到沈鳳書一亮出真本事，立刻嚇呆了眾人，這飛升劫的威力怕不直接提升數倍，小小金丹，竟然如此的強橫？

然後一群人就把天劫的威力當成了較量的法門，你的強，我的更強，直接讓璇璣書院高層被迫把觀禮圈擴大了一倍，欲哭無淚。

都是長輩，書院高層一句二話都不敢有，你說個頂個這麼大年紀這麼大輩分的人了，怎麼還一個個的小孩脾氣，飛升除了本命法寶什麼都帶不走，大家爭來爭去就為了一句「算你厲害」，實在是讓人忍俊不禁，哭笑不得啊！

眾人這個時候再看向始終在飛升劫中央的那個年輕人，心中全都是一眾說不清道不明的情緒。

現在的年輕人，真的是看不透啊！

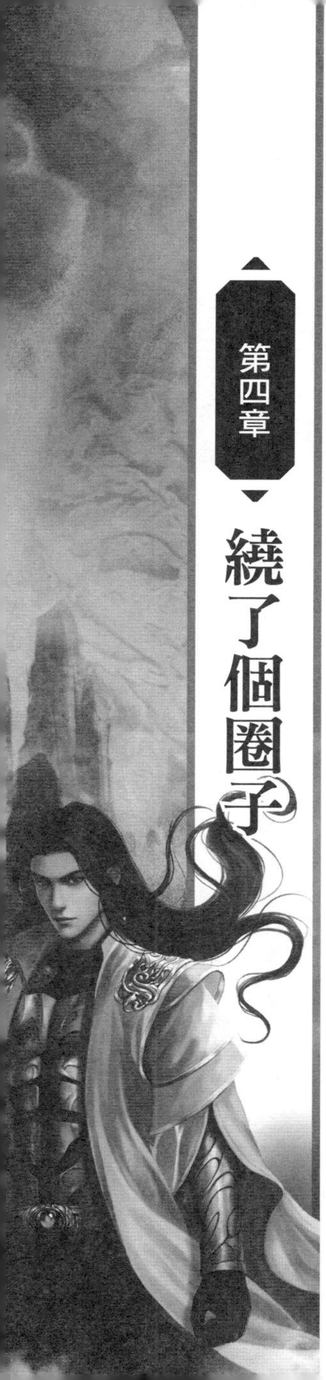

第四章 繞了個圈子

「不知道一塵菩薩有沒有飛升的打算？」等到所有隱世長老們全都度過了飛升劫，眾人又聚在一起，白前輩才看似不經意地對著一塵問了一句。

也就只有白前輩，藉著安正靈的師父這個身分，能夠用這種平和的語氣問出來。別的人，有一個算一個，在這個輩分高實力強脾氣不知道的絕世大妖面前，都做不到這般的舉重若輕。

「我修行佛法，就是為了控制脾氣和妖氣。」一塵其實很聰明，當然知道白前輩問這個問題是什麼意思，微笑著回答道，「用不了太久，等到了佛陀境，我會以佛門身分飛升。」

一塵話音一落，周圍頓時間都是一陣輕鬆。

書院也擔心這麼多隱世高手飛升之後，突然蹦出來的一個絕世大妖打破某些平衡，尤其絕世大妖要是控制不住脾氣，大開殺戒的話，那恐怕不是什麼好事。

不過，既然一塵都已經修行到了菩薩境，眾人還是都放心的。佛家的法門別的不好說，修心養性方面那絕對是一流的，而且一塵一直以來的表現也提供了強大的說服力，迄今為止他們都沒有看到過一塵失控，唯一的一次，還是和沈鳳書在佛國之中度化那些入魔人，這些外界根本就不知道。

雖說非我族類其心必異，但那也是實力弱小的外族。一塵這麼強悍的主，一心皈依佛門，肯定是不算在這裡面的。

除了一塵的一貫表現之外，還有一點，佛門在這方面還是有口皆碑的，至少大家誰也沒聽說過佛門菩薩濫殺無辜的。釋海昌佛陀當年身邊的紅顏知己都被屠戮一空，他也沒有找不相干的人洩憤。那麼多佛門入魔人，除了針對特定的對象，也沒有濫殺過無辜。

白前輩藉助這個機會探明白了一塵的打算，不光書院這邊會鬆一口氣，整個道門神門佛門都是同樣的心思。

沈鳳書頗有點不以為然，想知道直接當面問就行了，何必這麼拐彎抹角還要找這種機會，這些精通人情世故的傢伙，做事一點都不直接。

回到了璇璣書院，白前輩很快要飛升，安正靈也就不再繼續和眾人歷練，而是留下來陪師父最後的日子，離開的時候，小伙伴們就缺了一個。

「安師兄。」理解安正靈的安排，沈鳳書也沒有強迫，只是給安師兄一個建議，「如果有可能，自封修為到凡間做官吧！那才是書院修行做學問精髓所在，打磨心境，知行合一。」

真正的書院天才是絕不願意去做官的，誰願意混跡凡間？那是最沒出息的弟子的最後一條出路，基本上去做官的書院弟子，前幾年或許還能記得一些為民請命的初心，可絕大多數最後都會淪為貪戀榮華富貴的祿蠹。

連當年還沒開始修行的高力士，對那些傢伙都看不上眼。

「好！」安正靈絲毫不以為沈鳳書這樣的建議不妥當，痛快地答應了一聲。

旁邊的白前輩卻是聽著若有所思，也不知道心中在想著什麼。

臨走之前，沈鳳書還做了一件事，那就是從璇璣書院接收了天下各書院已經送過來的那些因果靈植。

事實上，從來到璇璣書院的第一天起，這些靈植就在移交了。

因為沈鳳書行蹤不定，所以絕大多數宗門前段時間蒐集的靈植都是送到了璇璣書院的。這一次收到的靈植，數量遠超過沈鳳書自己上門接收的那部分。

具體數量沈鳳書還沒有詳細統計，但光是從璇璣書院的小天地中移植這些靈植，就足足耗費了沈鳳書三個月的時間。

只這一趟靈植全部種植完畢，沈鳳書立刻就感覺稱心天地好像被一個密不透風的生物大網牢牢的綁紮了起來，穩固程度再次得到了巨大的提升。而且隨著這些靈植根系繼續生長，這種狀況只會越來越強。

姜老頭的培育場，在很早之前還能和稱心天地分庭抗禮，可是經過這趟之後，沈鳳書發現，如果自己願意，光靠稱心天地就能穩穩的碾壓培育場。

當然，這是在姜老頭自己不靠修為壓制的前提下，可就算是如此，加上姜老頭和沈鳳書的修為差，稱心天地依舊還能穩壓培育場一頭。

只能說，沈鳳書在稱心天地的強化上當真是得天獨厚，氣運無雙，別人連求都求不來。

隊伍少了一個人，安正靈的脫離，也掀開了聚會結束的序幕，大家會慢慢的陸續分別。

這趟出來其實時間並不短，已經有幾年時間，期間等待小白小青走蛟還等了一年多。另外，隨著眾人修為日盛，肩上的責任也越來越大，以後聚會的時間只會越來越短，聚會間隔也會越來越長。

相比前幾次聚會遊歷的精彩紛呈，這一次說實在的，經歷真的是乏善可陳。其一，有暴露了絕世大妖身分的一塵在，沒什麼不長眼的傢伙會動歪心思。其二，隨著眾人修為越來越高，類似以前幽泉祕境乾城祕境之類的精彩遊歷，現在眾人只要動動念頭就能解決，也實在沒有那麼多強悍的事件讓眾人感覺有意思。

或許，這就是成長的代價吧！

小時候隨便揀一塊好看的石頭都覺得十分有趣，長大後再多再好看的石頭也沒有小時候的那種感覺，生活如此，修行亦是如此！

但話又說回來，說是行程不精彩，可全程參與小白小青兩女成功走蛟跨過偽龍成就真龍的經歷，難道真的不精彩嗎？那麼多隱世高手的飛升劫觀禮，是什麼人想參加就能參加的嗎？

和以前那幾次每次都有大收穫相比，這一趟的確是物質上的收穫少了一些，可在精神上心境上的收穫卻一點都不缺。

離開璇璣書院之後不遠，一塵就衝著眾人開了口。

「我看他們渡劫，心有所感。」一塵是真的從書院那些隱世長老的渡劫當中有所感悟的，「我想回去閉關。」

「不急吧？」安師兄剛留在璇璣書院，一塵也要走？

沈鳳書急忙挽留：「我們接下來去一趟兩大宗門，還可以觀禮更多人渡劫，你還可以博採眾家之長。」

璇璣書院這麼多隱世高手渡劫飛升，想必昊天門和天玄宗類似的隱世長老只會更多，為了天下平衡，也不會有太多人留下的。

「不用在意。」一塵笑呵呵地回應道，「我回佛門，也是想多看看佛陀們飛升，對我的修行有好處。看的太雜，未必就真有好處。不如你們和我一起去佛門看看？」

書院略顯平和，道門神門的修行，和佛門就略有衝突了，不看也罷。

大家都明白這一點，是以也沒有多堅持。絕世大妖想要重修佛家法門，一塵可是直接封印了自己的記憶和修為才從最基本的大明咒開始的，過程之艱難，世所罕有。

要知道，一塵最初可是只能修行最簡單的大明咒，要不是沈鳳書一路扶持，甚至到最後祭出《心經》這種大殺器，一塵根本就沒機會達到現在的境界。

本就資質不是特別出眾，學的看的雜了，可沒有一點好處。

「好！」沈鳳書想都不想的直接答應。

小鑾和丁劍也是同樣的附和。

眾人的心中，再次泛起了年輕的一塵一根棍子挑著一個簡陋的小包袱步行離開的背影，心中默默的發出了一聲慨嘆。

未來和一塵再次聚會的機會不多了，可能還會有下一次，但絕不會再有第二次，這一趟還是多聚聚吧！

一塵邀請沈鳳書，肯定也是為了讓沈鳳書能多蹭幾次天劫，雖然佛門的天劫相對溫和，但畢竟也是天劫，總有好處。

說實話，從天穹陣法出來之後，沈鳳書蹭別人的天劫，帶來的靈氣變化已經基本上可以忽略不計了，更多的，還是借助天劫強大的威力，來試驗自己的全新改良的《鯤鵬吞》。

之前和那些聖級高手們的交流讓沈鳳書也意識到了自己之前《鯨吞譜七點零》的缺陷，一言以蔽之，就是沈鳳書太過於貪大求全了。

鯨吞譜不但有靈氣的搬運流轉法門，同時還融合了諸多的神識修行之法，使得沈鳳書可以在修行鯨吞譜的時候同時吸收靈氣並且錘鍊神識。這種方法雖然省事，卻明顯的有些太雜了。

功法效能，貴精不貴多，既要又要，顯然不如各自專精。

全新的鯤鵬吞吸收了之前的優點，也摒棄了那些缺點，將神識錘鍊法門徹底的剝離，專攻靈氣。純正到無以復加的天劫靈氣在強大的金丹模擬的經脈中，開始熟練的遊走。

全屬性天劫靈氣經過「經脈」中不同屬性的金丹凝鍊，變成了純淨之至的單屬性靈氣，分別在途徑的「經脈金丹」中凝鍊下來，沒有絲毫的外洩，比起當年一百份靈氣只能留存下來一份，現在沈鳳書完全擔得起「無漏」二字，成了真正的無漏金丹。

連續的修行推演，進行最適合的調整，進一步的精簡鯤鵬吞功法，到離開之前才算是徹底穩定下來。

之後，沈鳳書仔細琢磨總結，忍不住一陣搖頭苦笑。

此刻所謂的鯤鵬吞，其實只是沈鳳書去蕪存菁之後留下的鯨吞譜最基本的吸收靈氣的法門，只是靈氣質量比初級的鯨吞譜高了太多而已。

大道至簡，繞了一個大圈子之後，最終又回到了原點。

伽藍寺中，沈鳳書一行同樣得到了隆重的接待，一塵提出來的觀禮飛升的小小要求，立刻被滿足，蹭天劫更是毫無問題。

其實不用一塵開口，一眾伽藍寺高層只看沈鳳書明明是金丹實力，但全身上下卻散發著一種飛升劫的氣息，早就好奇了。

蹭天劫這麼不可思議的事情，除非親眼目睹，否則他們是絕不會輕易相信的。於是，沈鳳書再次感受了一番相對平和的超級天劫，浩浩蕩蕩的佛力將沈鳳書的身體連續的蕩滌了許多遍，也讓沈鳳書的《鯤鵬吞》越來越成熟穩健。

唯一的問題，就是習慣了飛升劫的靈氣強度之後，外界環境普通的靈氣和靈脈，在修行的時候會造成一種十分霸道的吞噬效果，以前鯨吞譜還能吸收一分釋放出九十九分，現在是百分百全吞。

沈鳳書一個人修行，方圓數十里的修士就不用修行了。吞噬效果實在是太霸道，別的修士，煉虛級以下的，根本搶不過沈鳳書，煉虛級和準聖，也就能勉強能搶到點，這還讓不讓旁人活了？

真這樣每天在外面修行，恐怕用不了多久，沈鳳書就得成為修士公敵。好在沈鳳書有稱心天地，有超級靈脈，修行的時候自己在自己的靈脈上修行，還不至於犯眾怒。

伽藍寺飛升觀禮，釋海昌也出現了，在外圍連續觀禮了數十位佛陀的飛升，同樣心有所感，回到稱心天地就拉著一眾紅顏閉關去了。

同樣閉關的還有一塵。自從心經現世，大明咒超脫之後，一塵的佛法修為就一飛衝天，本就有絕世大妖超級高手的底蘊，這次觀禮這麼多高手飛升渡劫，想必很快就會再度突破。

幾個月後，從伽藍寺離開的時候，小伙伴的隊伍就只剩下了三個人。

「丁大哥，你不會也有什麼隱藏身世，是什麼大人物的公子什麼的吧？」因為安正靈和一塵的變化，沈鳳書也拿著丁劍打趣問道。

「要是就好了啊！」

丁劍毫不掩飾自己的豔羨表情，一點都沒有生氣的感覺：「何至於和我師父過那種日子過了二十年呢？」

狂劍門師徒，那過的簡直就不是人過的日子，太悽慘了。堂堂築基期大修士，在凡間，居然過的也就比乞丐強那麼一點點，說出來都是淚啊！

可轉眼間輪到丁劍培養弟子了，他居然還是採用了同樣的方法，去磨練弟子的性格心境，同時也在磨練自己。

當然，丁劍的弟子也是個爭氣的，不然丁劍不會把兩道劍氣傳下去。

丁劍自己，也有了自己琢磨出來的劍氣劍意，其中吸收了那兩道劍氣的精華，還有自己少年時的熬煉堅忍，再加上和小伙伴們這麼多年來的紅塵劍意，丁劍自己的劍氣劍意絲毫不輸那些劍門的頂級高手，無非就是年紀和修為不足，可成就劍聖的路上已經沒有什麼艱難險阻，指日可待。

「看大家都帶著你蹭天劫，要不，你也和我回一趟劍門吧！」自嘲完自己，丁劍也有點不好意思的開口邀請沈鳳書。

最近這些年，不光丁叔丁劍沒有渡劫晉級，連帶丁叔還用自己的面子邀請了一堆劍門同門，都攢著自己的天劫，一邊期待厚積薄發，一邊準備讓自己的後輩沈鳳書來蹭點天劫。

誰知道計畫趕不上變化，丁叔丁劍等人能引發的天劫，不過出竅劫煉虛劫，就算丁叔的同門強上一些，最多也就是到準聖劫，和沈鳳書之前經歷的這些飛升劫相比，真有點說不出口。

「就等丁大哥你開口了。」沈鳳書可一點都沒有小覷丁叔丁劍天劫威力小的意思，滿臉的喜色，「你不知道，丁叔和你引發的天劫，或者說你劍門修士引發的天劫，劍氣縱橫，天劫中自帶一股凌厲的氣勢，比之書院佛門那些飛升劫也不遑多讓，小弟我早就垂涎了。」

天劫就是天劫，老天怎麼會因為修士的不同而區別對待？不過，這話還是如同「音響用火電聲音偏暖，力度大；用水電聲底偏冷，解析力高；風電的點層次感很差，聽感朦朧」這般，充滿了人情味，讓丁劍非常開心。

三個人開開心心的遊山玩水，一路趕往劍門。

然後劍門的丁叔就給了沈鳳書一個大驚喜。

允許沈鳳書蹭天劫的，除了他聯繫的一些準聖以下的同門之外，還有一批隱世長老。這些隱世長老是因為一現世就趕上了《陰符經》和《清靜經》，本打算給沈鳳書加持一下道門五咒的，結果發現丁叔正在劍門搞串聯，一打聽，立刻來了興致，既然蹭天劫對沈探花有好處，那就讓他盡情蹭，只當還因果了。

是人都好奇，一個小金丹是如何能在飛升劫當中游刃自如的。書院佛門的事情其實已經傳開來，還因果的同時，還能讓一群老朋友爭一爭算誰厲害，也是飛升之前難得的賞心樂事了。

不能不說，劍門的這些高手真的是一劍在手，天下無敵。每個人都是劍瘋子，優點十分突出，缺點也十分明顯，但他們根本不在乎。遇上敵人，一劍招呼，如果打不過，說明自己的劍不夠強，再磨就是。

強悍的高手帶來的天劫那是真的滋補，每一位渡劫，沈鳳書都能美美的享受一天多的時間，然後鞏固自己的《鯤鵬吞》。

也就是在這種高手渡劫之中，沈鳳書才敢放開手腳使用《鯤鵬吞》，那些高手們也不在乎，甚至放任他吸收越多越好。沈鳳書這邊越厲害，他們引發的天劫就越厲害，就越能在老夥計面前揚眉吐氣。

又是幾個月的時間，離開劍門的時候，小伙伴的隊伍卻只剩下沈鳳書和小蠻兩人，丁叔和丁劍也在觀禮那麼多劍門尊長渡劫之後，心有所感，直接閉關了。

只有兩個人的時候，不管說什麼做什麼，兩人都隨意許多，小蠻很開心的陪著沈鳳書一路遊玩，也根本沒有什麼目的性，玩到哪裡是哪裡，一路上都留下無數小蠻開心的笑聲。

「夫君，你是不是該去天玄宗了？」愜意地玩了差不多一年的時間，在一個舒適的早上，伺候著沈鳳書吃過了早餐，小蠻忽地開口道。

天穹陣法退出來太多的隱世高手，各大宗門都有，璇璣書院，伽藍寺，劍門都已經陸續渡劫，昊天門天玄宗也不會例外。

只不過，昊天門也好，天玄宗也好，都算是沈鳳書姐姐的地盤，大家輕易也不會去，何況，昊天門還有一個不羈公子這種「考上研究生」的主，小蠻不會去煞風景。

至於天玄宗，還有個神祕莫測的夜師祖，和自家夫君有道侶之約，小蠻更不會越俎代庖。

蹭天劫對於沈鳳書有好處，小蠻怎麼可能會讓夫君錯過這等機緣？所以，看似提醒沈鳳書該去天玄宗，其實也是暗示，兩人該分別了。

「不著急，過段時間。」沈鳳書沒有否認，卻也不著急離開。

和小蠻在一起多自在，多舒坦，見夜師祖可不是什麼愉快的經歷。

「夫君！」小蠻痴痴地看著沈鳳書依舊年輕英軍的面孔，彷彿看不夠一般，「如果，我是說如果，我和芷青魔尊你只能選一個，你怎麼選？」

這兩個女人到底是怎麼了，怎麼就都問出這個問題了呢？

「小孩子才做選擇。」沈鳳書都無語了，「我是大人，大人全部都要。」

話說完，沈鳳書一把將小蠻抱在懷裡，在她沒反應過來之前，轉了個個，將她按在自己的腿上，大手啪一聲抽在了小蠻的屁股上。

「這一天天的，也不知道妳們在胡亂琢磨些什麼，好好修行，好好過日子不好嗎？」一邊說，沈鳳書一邊啪啪的打著小蠻肉厚的地方。

這兩個女子，魔障了？

還是說知道沈鳳書和夜師祖有過道侶之約，所以兩個傻女子覺得自己爭不過，或者根本就沒敢有爭的想法，所以才會不約而同的起這種心思？

真是傻的可以！

兩個人爭不過，難道剩下一個人就能爭的過了？

「以後少胡思亂想！」沈鳳書用最響亮的一個巴掌，結束了這次教訓小蠻，「聽到了沒有？」

「知道了，夫君！」小蠻乖巧的答應著，雖然屁股快開花了，可卻是滿臉笑意。

小蠻終究還是也走了，是捣著小屁股走的，回宗門，閉關修行。

這一次的聚會，徹底結束。

沈鳳書已經習慣了這樣的聚會，有聚有散，紅塵就是如此。

和小鸞想的基本一致，沈鳳書覺得，是該到天玄宗一行了。昊天門，等到和不羈公子一起的時候再去。

夜師祖留下的那篇雙修功法，說是神識雙修，但還是有一點點小小的障礙，需要一些經脈靈氣上的輔助，對於普通修士來說，根本不是什麼問題，反倒是神識那塊才是天塹。

可在沈鳳書這裡，偏偏再強大的神識也無所謂，那點小小的經脈靈氣卻把他難住了。當然，現在沈鳳書已經完全不在話下，金丹模擬，輕鬆拿捏。

夜，我來了！

第五章 憑什麼懷疑

天玄宗表面上看起來一切正常，並沒有什麼變化，可是在沈鳳書眼中，卻是完全另一幅面貌。

還在天玄宗外圍那片步行區域中，沈鳳書就能看到天玄宗的上空彷彿籠罩了一層朦朦朧朧的紫色虛蓋，一如蒸蒸日上的大燕國的國運，在沈鳳書眼中，那顯然是天玄宗的宗門氣運啊！

國家有氣運，宗門自然也有，只是宗門牽涉到修士，一般修士身在其中被天機因果蒙蔽，根本無法察覺而已。

可在沈鳳書這等能修行人皇紫氣的修士眼中，天玄宗的宗門氣運簡直如日中天，浩浩蕩蕩，比之以前更勝數籌。

難道是因為宗門回歸的隱世長老增加的緣故？

不對！不是這般緣故。別家宗門的隱世長老回來的也不少，怎麼不見宗門氣運暴漲？

是了，應該是因為宗門對外共享修行知識，而且制定一系列標準，最重要的是，宗門修典。

國家盛世修典能增加國運，宗門修典同樣可以。為了期刊發布，天玄宗沒少整理宗門典籍，按照沈鳳書的圖書館管理方法重新整理修訂了一大批典籍，這才是宗門氣運暴漲的根本。

同理可證，昊天門應該同樣宗門氣運大漲。而之前經歷的璇璣書院，伽藍寺，劍門沒有做這些工作，所以宗門氣運不會有太大的變化。

如果璇璣書院知道深層次原因，恐怕能一口老血噴出老遠。既然知道凡間國運可以怎樣增加，怎麼就沒想過類似的方法用在宗門身上呢？默守陳規要不得啊！

再來天玄宗，沈鳳書的排面可比前幾次要大上太多了。沒辦法，小白小青跨境界晉級，現在還沒鞏固修為，不能有效的收斂氣息，還在馬車上，就已經被人發現，提前做了準備。

等到了山門，不用沈鳳書自報身分，山門的迎客弟子就已經恭恭敬敬地上前，將沈鳳書直接安置到了最尊貴的客房中，迎賓長老親自作陪。同時告知沈鳳書，已經有弟子先一步通報雪魔女師叔，只等雪師叔前來迎接了。

迎客弟子可是一點都不敢怠慢啊！怠慢誰也不敢怠慢這位爺，不說心經的故事，這位爺可是能在宗主面前談笑風生的主，還能在某個最神祕的長老面前言笑不羈的貴客，誰敢怠慢？

不用這些關係，沈探花身邊兩個侍女就能隨時教大多數天玄宗弟子做人。誰家金丹用兩條真龍做侍女啊？

剛晉級的真龍，境界不穩，那也是起步亞聖，境界當中帶個聖字的，那是好相與的嗎？

通報的都是飛劍最快的弟子接力，饒是如此，也讓沈鳳書足足等了一天多的時間，消息才從宗門內傳來。看到飛劍傳書的剎那，等待的弟子總算是鬆了一口氣。

沈鳳書來的很不巧，如雪姐帶著小囡囡外出歷練長見識去了。

之所以等消息等了這麼長時間，就是因為如此，送信的只能再往雪師叔的師父那邊送，於是，宗門長老親自趕了過來。

趕過來的宗門長老就是如雪姐的師父芙蓉魔女，半篇《愛蓮說》加上陰符經讓芙蓉魔女短短幾年內穩穩直奔飛升實力，聽到沈鳳書趕來，主動前來迎接，順便道謝。

迎客長老和弟子如同看神仙一樣，目送沈探花跟著芙蓉長老離開，滿眼滿心的佩服。小小金丹能做到這個分上，可著滿世界打聽，這也是獨一份了吧！

芙蓉魔女顯然是知道一些事情的，只看她滿臉興高采烈毫不掩飾的直接把沈鳳書送到了夜師祖這邊就知道，芙蓉魔女也等著看這一般人根本無法想像的大熱鬧啊！

旁人沈鳳書不是很熟，但是，一路上神識掃過來的，沈鳳書可是感受到好幾個熟人的氣息，那都是之前打過交道的聖級高手，就連天玄宗的宗主都在其中，當然，還有不少十分強悍的陌生氣息，想來是那些回來不久的隱世長老。

「來了？進來坐！」讓沈鳳書十分詫異的是，夜師祖竟然在她的洞府門口相侯，見面還十分平常的打了個招呼，如同迎接沈鳳書回家一般。

不過，對於其他人，夜師祖可就沒那麼好脾氣了，面對自己的徒弟芙蓉魔女更是不客氣：「芙蓉，妳回去吧！」

「是，師父！」芙蓉魔女別看在天玄宗一言九鼎，可是在自己的師父面前，一句多餘的話都沒有，立刻乖乖的施禮轉身。

「等等！」夜師祖忽地響起了什麼，叫住了芙蓉魔女，轉頭讓沈鳳書把小白小青和一群小狐狸精都放了出來，然後吩咐芙蓉魔女，「帶她們去學一下天魔豔舞。」

芙蓉魔女二話不說，直接帶著眾女離開。天魔豔舞是天玄宗絕學？那最強的祕笈還是沈鳳書畫了之後師父標註的，有什麼關係？小狐狸精們學了，不也是給沈鳳書跳嗎？誰不服？

看著徒弟走遠，夜師祖抬頭看了看周圍，臉上帶著一陣玩味的笑容，忽地面孔一板，衝著虛空中輕叱一聲：「滾！」

無數強悍但又隱密的神識絲，就在沈鳳書的感知中飛速的消失，沒有留下一絲。這個時候，還沒人敢在天玄宗內捋夜師祖的虎鬚，哪怕是天玄宗本門的隱世長老也不行。

宗門內各個方向，都響起一陣此起彼伏的哀嘆聲。宗門最神祕的長老，最神祕的強者，和一個小男生的八卦啊！連稍稍沾一下都不行嗎？

「功法你能修行了？」轉回到自己的洞府，夜師祖似笑非笑地看著沈鳳書問道。

沈鳳書正坐在自己送給夜師祖的大沙發上，看著夜師祖的洞府陳設。上次看到沈鳳書的現代別墅之後，夜師祖的洞府也變了風格，以追求舒適實用為主，沈鳳書感覺很自在。

聽到夜師祖問話，沈鳳書微笑著點了點頭，沒有開口。

夜師祖款款的走近，就在沈鳳書意外的目光中，坦然的坐到了沈鳳書的腿上，頭靠在沈鳳書的胸膛，如同一隻小貓一般蜷縮在沈鳳書胸口，愜意地閉上了眼睛：「讓我睡一會。」

「睡吧！」沈鳳書忽然間不知道自己此刻應該是什麼心情，只是輕輕地抱住了夜師祖，讓她靠的更舒服一點。

在外面叱吒風雲，在宗門內說一不二的夜師祖，什麼時候流露過這樣弱女子的情緒？堅強太久了，以至於會讓所有人都忘記了她也是一個女人，可能只有在沈鳳書這裡，才會呈現出這種弱者的姿態吧！

一個閃身，沈鳳書已經抱著夜師祖出現在稱心天地中的別墅游泳池邊，在樹姥姥涼爽舒適的樹蔭下，靠在一個巨大的懶人沙發上，沈鳳書低頭親了親夜師祖完美的臉龐，然後閉上眼睛，一起進入了夢鄉。

不用考慮宗門事務，不用考慮修行，只是毫無壓力的睡一覺，真舒服啊！

夜師祖睜開眼的時候，就是這種感覺。

修為高到一定的地步，其實已經不需要睡覺，只要打坐運功就能替代睡眠，還能提升修為，高級修士，幾乎沒有一個人會浪費時間睡覺。

像這樣子如同一個小姑娘一般靠在一個喜歡的男人懷中，什麼都不用想，無憂無慮的睡一覺，夜師祖已經很久沒有奢望過，想不到，竟然在自己徒孫的弟弟身上實現了。

連夜師祖自己，都不知道該如何形容自己的心情了。

總之，又是陌生，又是新奇，還帶著一點點的期待，歡喜中又有一些憂愁，五味雜陳。

「讓我看看你的功法修行的如何了。」

夜師祖知道自己醒來的時候沈鳳書也醒來了，只是照顧她的心態沒睜開眼睛，夜師祖可不是那種矯情的人，立刻主動起來。

直接就在沈鳳書身上直起身來，坐在他的身上，額頭相抵，對沈鳳書說道：「你試著運轉一下功法，不能修行也沒關係，我用神識帶你。」

沈鳳書直接瞪大了雙眼：「不修行也沒關係，妳讓我等這麼長時間？」

下一刻，沈鳳書就說不出話來了，夜師祖的雙唇封住了他的嘴。手中摟著夜師祖完美到極點的嬌軀，嘴巴被性感的雙唇封閉，沈鳳書就算是有話也不想說了，直接運轉功法，配合起來。

夜師祖的神識並沒有直接進入沈鳳書的識海，而是分出一縷和沈鳳書外放的一縷神識絲糾纏在一起，隨後瘋狂的試圖將沈鳳書的神識全部從識海中拉出來，全數糾纏在一起。

沈鳳書吸收過很多強大的神識，最強的甚至有渡劫飛升的平均水準的數十倍之多，直接形成一顆巨大的黑洞。但是除了少數的幾個非人的高手，比如老魚，比如姜老頭，沈鳳書還從沒見過夜師祖這麼強悍的神識。

如同沒有窮盡一般，糾纏在一起的神識絲越積累越多，在兩人體外形成了一個碩大無朋的肉眼不可見的繭子，十丈，百丈，十里，百里，千里，繭子的直徑越來越大，直到塞滿整個稱心天地。

神識籠罩範圍內，稱心天地內的一切在沈鳳書面前彷彿都沒有祕密，哪怕最隱密的角落也清晰可見，沈鳳書的神識探測還從來沒有如此高的「清晰度和靈敏度」。

「你的神識怎麼會這麼強？」沈鳳書新奇的同時，夜師祖也是前所未有的震驚中。

夜師祖幾乎快把自己的神識全釋放出來了，可沈鳳書這邊，竟然看起來依舊還是那麼的遊刃有餘輕鬆自在。

這小傢伙的神識到底有多強大？

這段時間裡，沈鳳書蹭天劫最大的成果，除了驗證鞏固《鯤鵬吞》的功法之外，最大的收穫就是煉化識海中的星辰。

每一次飛升劫，基本上都能帶來一個星系的煉化。

真要讓沈鳳書來形容，那真就是時來天地皆同力啊！再沒有比借助天劫洗鍊更高效更徹底的煉化方式了，快速乾淨徹底無後患，簡直完美。

璇璣書院，伽藍寺，劍門，平均每家數十位，沈鳳書現在識海中已經有一百多個星系被徹底煉化，變成了沈鳳書可以控制的神識了。就這，還有數千個星系還沒來得及煉化呢！

從煉化的效率來看，沈鳳書大致可以推斷，一個飛升級高手的平均神識境界應該和一個星系是相當的。

可是，夜師祖的神識強度也著實是讓沈鳳書詫異的，光是神識絲糾纏，沈鳳書已經盡出五個星系的神識絲，才算是快到了夜師祖的極限。也就是說，夜師祖的神識修為，是普通飛升級高手的五倍多六倍的樣子。

這是何等的凶殘？沈鳳書只知道夜師祖在天玄宗身分神祕，實力成謎，無論宗門內外都鮮有人敢招惹，可以說是坐鎮天玄宗的定海神針，但卻萬萬沒想到，她光是神識修為就碾壓數個度過飛升劫的高手。

笑。

等夜師祖也度過飛升劫，恐怕這境界還要更上層樓，一個頂十個，絕不是玩笑。

或許，這就是夜師祖在天玄宗地位特殊的真正緣故吧！

沈鳳書驚訝，夜師祖這裡直接就是震撼了。

夜師祖是知道沈鳳書神識修為獨特，遠遠超出他自身的靈氣修為的，可是萬萬沒想到，沈鳳書的神識修為竟然如此的令人驚駭。夜師祖自己已經到強弩之末了，可沈鳳書竟然猶有餘力，這小子是怎麼修出來這麼強悍的神識的？

肚子裡有一萬個疑問，可現在什麼都不能問，正在神識雙修，一旦分心就會前功盡棄，說不得兩人這麼強的神識糾纏還會反噬，只能繼續。

本來夜師祖還想著是捉弄夠了沈鳳書，他不能修行雙修功法的時候，自己神識帶著沈鳳書一起雙修，可現在，根本不需要夜師祖多費心，沈鳳書竟然反客為主，反過來帶著夜師祖在修行，夜師祖只要十分輕鬆的配合就行。

簡直是倒反天罡啊！

但這還不是最震撼的，更讓夜師祖震驚的是，沈鳳書這些和她糾纏在一起的神識絲在經歷了兩人的互補雙修強化之後，竟然有一部分開始輕鬆的抽離。

要知道，正在雙修之時，就連夜師祖自己，也得配合著沈鳳書才能控制，沈鳳書完全沒有和她商量，甚至第一次修行連默契都沒有，就敢如此托大？

問題是，沈鳳書強化後的神識絲抽離的輕而易舉不說，馬上就又補進來一大批未經強化的神識絲繼續糾纏。

再次修行，這讓夜師祖簡直不敢相信自己的猜測。

這意思難道是沈鳳書的神識太強，超過夜師祖的好幾倍，一次不夠強化的，所以輪番上陣？

金丹期的沈探花，聖級的夜師祖，到底哪一個才是真正主導的那一個？到底哪一個才是神識真正強悍的那一個？

夜師祖震驚之餘，已經開始喜出望外了。

小傢伙真的是給了她一個大大的驚喜，也讓夜師祖終於意識到了一件事。

沈探花這個夜師祖徒孫的弟弟，名動天下的修行渣，他的神識修為，竟然比夜師祖自己還要強悍。至於強悍多少，就看他能補充多少神識絲用來強化吧！

然後夜師祖就又一次被沈鳳書近乎源源不絕的神識絲所驚嘆了。所有的神識絲替換過一次之後，雙修強化，接著又開始替換，接下來就陷入到了這種循環中，兩次，三次，五次，十次，足足等到了第二十四次的時候，夜師祖才發現，沈鳳書終於沒有再補充新的神識絲，看來是到極限了。

夜師祖終於意識到，單從量來說的話，現在沈鳳書的神識總量是她的二十四倍。

走眼了！

這滿天下的大大小小的修士，有一個算一個，全都走眼了！

更讓夜師祖無法接受的是，她本來想要通過神識雙修帶一帶沈鳳書的神識境界，結果反過來被沈鳳書帶著不說，自身的神識修為暴漲，只這一次修行，差不多就倍增。

修行結束，親密的姿勢分開，但夜師祖並沒有從沈鳳書身上離開，依舊還是騎坐在沈鳳書身上，瞪著美麗的雙眼，緊盯著沈鳳書，問道：「你的神識怎麼修的？」

「如果再能蹭一些天劫，我的神識修為還能更高。」沈鳳書笑呵呵的回答了一句。

識海中數千個星系，現在煉化的不過才區區一百多個，還差得遠呢！這滿天下算起來，能有數千個飛升高手讓自己蹭？

求人不如求己，慢慢來吧！

不能再貪了，百倍飛升高手的神識修為，只要不飛升，有稱心天地裡那幾位，這天下沈鳳書想去哪裡就去哪裡，根本不用擔心。

「跟我來！」聽到沈鳳書的話，夜師祖眼睛一亮，立刻拉著沈鳳書起身。

從稱心天地離開，幾個閃身，夜師祖就帶著沈鳳書趕到了一處空曠的所在，隨後夜師祖丟下一句「等著」，然後一個人飛速消失。

等到夜師祖再次出現的時候，身後已經不是一個人，而是數十位。只看氣息就知道，全都是聖級飛升高手，其中不少眼熟的，但更多的是沒見過但氣息十分強的主。不用問，肯定是天玄宗的隱世長老們。

天玄宗宗主老陳頭也在，芙蓉魔女也在，看這架勢沈鳳書就知道，這是夜師祖打算讓自己蹭天劫蹭個爽了。

果然，一如沈鳳書所料，一位隱世長老開始準備渡劫。觀禮的人早來了，似乎一直在等著今天。

沈鳳書也沒客氣，衝諸位前輩拱手問好道謝後，站到了渡劫長老的不遠處。天劫開始引發，落下，沈鳳書愜意的沐浴在天劫的環繞中，心中有許多話，且等蹭過這一波天劫再說吧！

要不說天玄宗是神門扛把子呢，光是隱世長老就有六十多個，足足是璇璣書院的兩倍，書院佛門一直爭不過道門神門，也是有道理的。

六十多個高手，都是中規中矩的飛升級高手，讓沈鳳書又煉化了六十多個星系，那種感覺，實在是太爽了。

就在沈鳳書以為已經結束的時候，夜師祖竟然也到了場地中央，開始引發天劫。

還沒等沈鳳書驚訝的說點什麼，夜師祖喝斥一聲：「閉嘴！好好感受！」

前所未見的超級天劫落下，別說沈鳳書驚訝，周圍觀禮的人一個個目瞪口呆，就連已經度過天劫的一群隱世長老，看到夜師祖天劫的強度也全都臉色大變。

知道夜師祖厲害，可誰也不知道夜師祖會這麼厲害的讓人絕望。那是連他們渡劫之後都無法和渡劫前的夜師祖相提並論的絕望啊！

前所未有的超級大天劫，比之山老頭甚至還要強悍許多，只夜師祖一個人引發的天劫，就讓沈鳳書煉化了十個星系，煉化的星系總數首次超過了兩百。

再次回到稱心天地的別墅，已經度過飛升劫的夜師祖再次壓下了沈鳳書要說話的意圖，直接上手，又一次讓沈鳳書帶著自己神識雙修。

經過天劫洗禮，兩人都發現了，經歷過雙修互補的神識絲，就是比沒有經歷的要強悍許多，雖然不敢說倍增，但至少五成的增幅是有的。

實力平添五成，誰會不樂意？

這一次，沈鳳書新煉化的七十多個星系神識同樣經歷了雙修強化，等到徹底完成，才又結束了這一次的神識雙修。

「有什麼想問的嗎？」

沈鳳書有話想說，但夜師祖始終不讓他開口，一直等到兩人在別墅的巨大茶桌上面對面坐好，八寶靈仙茶喝過一輪，夜師祖這才主動開口。

「不飛升不行嗎？」沈鳳書沉吟片刻，抬起頭看著散去了迷離霧的夜師祖絕美的面容問道。

夜師祖笑了笑，說道：「不飛升，後輩永無出頭之日。以前還能說守護宗門守護這一方世界，現在連這個理由也沒了，強留也只是蹉跎歲月，還不如飛升去看看。」

不是每個人都如姜老頭那般「不求上進」的，各種壓力之下，強留沒意思，夜師祖自然要飛升。

「不止是我天玄宗如此，昊天門也一樣。」夜師祖繼續笑道，「上九洲各大宗門全部如此，你又不是不知道。」

沈鳳書當然知道，不然也不可能蹭到那麼多天劫了。只是，沈鳳書想說點什麼，發現自己竟然張不開口。

「你什麼時候知道的？」沈鳳書欲言又止，夜師祖卻忽然的問了出來。

夜師祖的這話有點莫名其妙，但沈鳳書偏偏卻明白了。

「從認識一開始就有懷疑，只是一直不敢相信。」沈鳳書臉上擠出了一絲苦笑，「也一直不願意相信，直到現在才能確定。」

「不可能！」夜師祖直接變臉，「一開始的確值得懷疑，但算計你的人那麼多，連浩渺都有份，你憑什麼就能確定是我？」

「你憑什麼懷疑芷青和小蠻都是我的分身？」

第六章

曾經的答案

「還記得日月戒嗎？」沈鳳書臉上泛起了回憶的神色，好像很甜蜜的樣子。

「當然！」夜師祖想都不想的回答道，「如雪求上門來，我親手做的。怕你知道後驕縱，只用了最粗淺的金丹級手法，還叮囑如雪不要告訴你真相。」

「問題是，妳做的日月戒，被我滴血認主，可芷青隨時隨地就能放進去一些東西，妳不覺得很奇怪嗎？」沈鳳書笑問道。

當年芷青魔女和沈鳳書玩小曖昧，芷青魔女第一次給沈鳳書日月戒裡塞了一套匆匆煉製的茶具，從此以後，這就成了兩個人心照不宣的小祕密，每次見面，芷青魔女總會在日月戒中偷偷塞一些精巧用心的小東西。

沈鳳書知道魔女給他塞東西，魔女知道沈鳳書知道她給他塞東西，但兩個人誰也不說，就很享受這種心照不宣的情侶小遊戲，樂此不疲。

看起來很甜蜜，可問題就在這裡，日月戒哪怕煉製的手法再低級，那也是空間法寶，而這類法寶很特殊，一經認主，旁人就無法打開，除非是強行煉化。不管是原主身死，或者靠著強大的修為強奪，總歸要經過煉化，才能使用。

而芷青魔女從來沒有煉化過日月戒，她是如何能使用自如的？

放在別的修士身上想做到這一點很麻煩，可放在日月戒的煉製者身上，那就是不值一提的小事情了，易如反掌。

「竟然是因為這個？」夜師祖回想了一下記憶中的經歷，也不得不承認，好像就在這種不經意的小事情上露出了破綻。

「細節決定成敗。」沈鳳書還能說什麼，說芷青魔女辦事太不小心了？只能用這麼一句來形容。

「是啊！」夜師祖也是嘆息，「細節決定成敗。」

這麼多年來，夜師祖一直以為自己做的天衣無縫，想不到從一開始就露出了破綻。

「那小鸞呢？」夜師祖嘆息一聲，然後立刻改了目標，「你為什麼會懷疑小鸞？」

「其實小鸞我一開始並沒有想到。」沈鳳書很無賴地承認道，「不過小鸞也不是沒有破綻，最明顯的一點，就是芷青和小鸞從來沒有見過面。」

「兩個情敵老死不相往來不是很正常嗎？」夜師祖直接給出了一個理由。

「是，這個很勉強。」沈鳳書點頭承認道，「只是，小鸞出現的時機太精準了，琅嬛書院剛滅門就出現，而且還是掌教親自託孤給安師兄的，但那個時候安師兄不過是剛剛築基，在掌教心中，這個弟子或許才剛剛認識吧？要託孤，琅嬛書院那麼多築基弟子，恐怕哪一個都比安師兄合適。」

夜師祖正想要辯解幾句，沈鳳書直接阻止了她：「其實，這些都不算是關鍵性的破綻，真正讓我警覺的，是在幽泉祕境中。」

幽泉祕境中發生了什麼事？夜師祖開始從某些深層記憶中開始尋找。

「當年在幽泉祕境中，面對鋪天蓋地的蠱蟲，一塵是動用了他絕世大妖底牌的。」沈鳳書沒等夜師祖找到記憶中的破綻，主動開始說道，「但當年還有一道強大的氣息，雖然爆發只是短短一瞬，但我還是感覺到了。」

「你也知道，我的神識修為很特殊。」看著夜師祖好像想起來什麼一般，沈鳳書指了指自己笑道，「後來我問過丁劍，丁劍純苦修，用精純的劍意滅殺的蠱蟲，那爆發的就只剩下是小蠻了。」

「可那也不能說就是和我有關啊！」夜師祖兀自嘴硬道。

這小傢伙果然是聰明啊，這麼點小小的破綻都能抓得住，難怪在修行界混的風生水起。現在想想，人們都覺得是沈鳳書氣運無雙，走到哪裡都能遇上好事，卻不如說是他觀察力實在太恐怖，總是能發現別人發現不了的細節吧？

真正的實力，卻被人以為是氣運，當真是好笑。

「是不能確定。」沈鳳書笑道，「可最近芷青和小蠻都讓我二選一，我還納悶呢，結果，和妳一修行，就真的確定了。」

夜師祖也笑了。

沒辦法，小傢伙的神識太強悍了，和她神識雙修過一場，立刻就捕捉到了她神識當中最精細的部分，芷青魔女是她的分身，自然在一些深層神識波動上是相同的，這一點絕對瞞不過沈鳳書。

「你猜錯了！」夜師祖笑的是真開心。

「錯了？」沈鳳書有點不明白了，哪裡錯了？

「我承認，芷青的確是我的分身。」

夜師祖得意洋洋地笑道：「但小蠻不是。」

「不可能！」

沈鳳書臉色大變：「深層神識波動完全相同，怎麼可能不是？」

「小蠻是芷青的分身。」夜師祖總算是扳回一局，直接給出了答案，「不是我的。」

芷青魔女的修為，是了，沈鳳書立刻想到了和芷青魔女起名的紫嫣魔尊，紫嫣魔尊死了一個分身，後來有一個還做了女皇帝，紫嫣魔尊都有這樣的修為，比紫嫣更高一籌的芷青肯定同樣可以做到。

也正因為如此，小蠻和芷青的深層神識波動都和夜師祖一致，也就完全可以解釋了。

「既然是這樣，那為什麼有些我和芷青小蠻在一起發生的事情，妳好像並不是很清楚的樣子？」

沈鳳書有點疑惑：「連紫嫣魔尊那些小輩，都能瞬間知道分身的狀態。」

在夜師祖面前，沈鳳書已經開口稱呼紫嫣魔尊小輩。

「我的分身，和她們的不一樣。」夜師祖微微一笑回答道，「紫嫣那種，充其量也就是個替身，本體沉睡，意識轉到替身上，兩者不能同時活動，發生了什麼自然一清二楚。我這卻是斬念之法，意識念頭硬生生分出去的一塊，分身做了什麼，我自己並不知曉。」

「不過，我需要的時候，只要見到分身，就能獲取她的修行生活的記憶。」

夜師祖這也算是解釋了沈鳳書的疑問，「所以我平常很少出宗門，有分身替我紅塵歷練，還能嘗試截然不同的修行道路。芷青如此，小蠻也是如此。」

原來如此！

的確是比紫嫣魔尊那種意識全部都在分身身上更強，強出了太多。紫嫣魔尊就算是皇宮裡一開始的那個分身，也和本體走的是同樣的修行路子，直到沈鳳書點撥。本體在皇陵中吸收人皇紫氣，分身治國，這才算是大成。可還是差了夜師祖太多太多，無法同日而語。

「芷青和小蠻，就真的只能留一個嗎？」直到了原委並不重要，沈鳳書在意的是芷青魔女和小蠻，她們兩個的命運，都掌握在夜師祖的手中。

「你也知道，我必須要飛升了。」

夜師祖語氣中也多了一絲無奈：「我若飛升，芷青就無法維持斬念之法，她修為太低了，勢必就只能犧牲掉小蠻。當然，我也可以全力支持小蠻。」

「那芷青就會被犧牲。」沈鳳書接口道。

這下沈鳳書是徹底明白了，夜師祖飛升之後，就無法維持芷青魔女現在的斬念之法，能留下的只能有一個。

「所以，你選誰？」夜師祖這次也問出了同樣的問題，看著沈鳳書，似乎很感興趣他的選擇。

沈鳳書沉默了。在芷青和小蠻面前的時候，沈鳳書還可以強硬地說都要，可是，在夜師祖面前，只能留一個的情況下，再說都要毫無意義。

真的要二選一嗎？

沈鳳書腦海中閃過了和芷青魔女的點點滴滴，和小蠻的絲絲縷縷，無論放棄誰，都會讓沈鳳書痛徹心扉。

「也就是說，只要能讓芷青的修為快速提升，一切都不是問題，對吧？」

沈鳳書閉上眼，琢磨一番後，開口對夜師祖說道：「我還是原來的選擇，我都要！」

不光說，沈鳳書直接站了起來，在夜師祖驚訝的目光中，走到了夜師祖的背後。

「也是個辦法。」夜師祖點了點頭，承認沈鳳書的方法，「不過……」

後面的話還沒說出口，夜師祖就被沈鳳書拉了起來，在她還沒反應過來之前，沈鳳書直接吻住了夜師祖的雙唇，將夜師祖擁入了懷中。

平常夜師祖十分高冷，可是，吸收了芷青和小蠻記憶的她，又怎麼可能對沈鳳書無動於衷，剎那間，就沉醉在甜蜜的擁吻中，無法自拔。

一切發生的那麼水到渠成，自然而然。

「這幾年有一股暗流洶湧，忘憂齋也牽涉其中。」美妙的經歷之後，夜師祖罕見的如同小女人一般蜷縮在沈鳳書懷中，低聲的叮囑道，「我們在還能壓得住，我們飛升之後，你找個穩妥的地方去修行，去老魚那裡就挺好，等二十年之後，你再回來。」

「那我帶上芷青小蠻。」沈鳳書沒二話，連夜師祖都這麼說，可見凶險程度，沈鳳書可一點都不頭鐵，聽人勸，吃飽飯。

「芷青小蠻你不用管。」夜師祖直接搖頭，頭髮蹭的沈鳳書一陣癢，「你管好自己就行。」

「好！」沈鳳書這次不再多說什麼，直接答應。

「去一趟昊天門吧！」夜師祖接著笑道，「不能便宜了昊天門，去蹭他們的天劫。」

「好！」沈鳳書痛快的答應了下來。

在天玄宗又待了幾天，和夜師祖過了幾天夫妻道侶的生活，沈鳳書不得不一個人惆悵的踏上了去昊天門的路途。

短短幾天，沈鳳書已經有一點不想分離的留戀。

離開天玄宗的那一刻，沈鳳書就知道，此生和夜師祖再也不可能相見。

用不了多久，夜師祖就會飛升上界，也不知道芷青和小蠻到底會如何選擇。

關於讓沈鳳書去老魚那裡躲二十年，夜師祖沒有多解釋什麼，沈鳳書也沒問，但聽話總歸不錯。

路上沈鳳書也忍不住會胡思亂想。夜師祖還說過一句，連浩渺仙子好像都算計過自己，只是遲了一步。

這裡面包含的資訊太多。

那個時候，和自己接觸的修士，除了芷青魔女，好像就只有不羈公子了，而且還是不羈公子在前。後來不羈公子被浩渺仙子收為研究生弟子，她們也就有了正當接觸的理由。

算了，不多想了，胡思亂想太多，平白讓自己不舒服。

好在小白小青和小狐狸精們在天玄宗這段日子，經過芙蓉魔女點撥，似乎在媚功一道上越來越精進，讓沈鳳書短暫的沉浸在新鮮的快樂中，暫時忘卻了一切煩惱。

一如沈鳳書所料，昊天門的宗門氣運，紫氣升騰，強大到了極點。

不知道是不是約好了的，沈鳳書趕到昊天門的時候，如冰姐也帶著小乖乖外出歷練去了，沈鳳書嚴重懷疑，姐姐她們是約好一起結伴而行了。

姐姐不在，沈鳳書就只能拜訪浩渺仙子。

「從天玄宗過來的？」坐在浩渺仙子洞府的茶桌邊上，浩渺仙子看著沈鳳書問了一句。

「是！」沈鳳書老老實實的回答。

「那位和你說了些什麼嗎？」浩渺仙子又問了一句。

沈鳳書看著浩渺仙子，點了點頭：「解釋了一些我之前的疑惑，囑咐我到時候出去躲躲。」

「那你還有什麼不明白的嗎？」浩渺仙子臉色微微泛紅，但神色平靜地繼續問道。

「弟子不明白。」沈鳳書也沒客氣，直接問出了口，「當年弟子一介凡人，老師和師祖怎麼會注意到？」

別說夜師祖浩渺仙子這等聖級大高手，就連普通的煉氣期小修士，面對凡人的態度都是根本不會多抬一下眼皮，而沈鳳書竟然驚動了這兩位，實在是有些說不過去。

「你的狀況特殊。」浩渺仙子苦笑著搖搖頭解釋道，「你的體質那個時候注定無法修行，無論是否被奪舍成功，都會留下純淨的神識種子，九世打磨的神識種子，你留著也沒用，對我們卻是很好的研究和補充。」

「我當年先後接觸了你三次，第一次第二次你都沒有開始修行，第三次以為你已經奪舍成功，見面才發現根本不是。」浩渺仙子優雅的端起茶杯品了一口，「之後你回家被奪舍，再出來的時候，就被那位搶了先。」

沈鳳書立刻想起了和不羈公子的頭三次接觸，第一次是自己寫詩下棋，不羈公子幫忙說話，琅嬛書院才不得不留下自己。

第二次是在琅嬛書院的坊市上，那個時候好像也沒怎麼修行。第三次是在回家路上，當時以為是偶遇，現在才知道是故意等候。

不過，沈鳳書並沒有詢問浩渺仙子為什麼不關心自己是否被奪舍成功，就像加菲貓被偷走賣到寵物店卻在寵物店裡重逢主人的時候永遠不會問主人為什麼要去寵物店一樣。

奪舍成功，浩渺仙子名正言順弄死鄭康平，奪取神識種子。奪舍不成功，浩渺仙子依舊還能奪取神識種子，救沈鳳書一命。

那個時候，沈鳳書只是一個小小的凡人，無足輕重。

「有沒有發現，你和那位神識雙修，幾乎沒有一點的麻煩，順利的驚人？」浩渺仙子實話實說，同樣也並不在乎沈鳳書會不會怨恨自己，只是微笑著問道。

沈鳳書直接點頭。太順利了，如臂使指的感覺。

「那是因為，神識種子畢竟是從你識海裡取出來的。」浩渺仙子微笑道：「天生就和你神識契合。」

就算是鄭康平磨練的神識種子，在沈鳳書識海中待過，自然也不會和沈鳳書的神識有所排斥。道理非常簡單。

「弟子還有個疑問。」沈鳳書也算是明白了原委，再次開口問道，「弟子自問戰鬥力也不差，為什麼夜師祖非要讓弟子外出躲避呢？」

「還記得忘憂齋那個蔣大宗師嗎？」浩渺仙子提醒了一句，「我們後來追查了許久，猜到了一個最大的可能。他們想要一個謀算出色的元神來充當一大批元神的統帥，來發動一件十分強大的法寶。」

「天下圖？」沈鳳書立刻想起了千幻交代的那件法寶，就連千幻自己，也是器靈之一。

「很可能就是。」浩渺仙子點頭道，「只不過他們謀劃了許久，本以為能靠著那件混元卵收取你的元神，卻被你送給了烏魔修，那些人功虧一簣。」

天下圖的可怕之處，在於能無聲無息無影無蹤的發動攻擊，沈鳳書就曾經被攻擊過，真的是幽靈一般的攻擊，防不勝防。

烏魔修被抽取元神的時候，同時大概有成千上萬的修士和天才凡人被抽取了元神，沒有沈鳳書做統帥，可烏魔修能在魔洲修行到飛升，並且自身統帥了那麼多的修士，統帥能力未必就比沈鳳書弱到哪裡，無非就是算力上不如而已，可還有那麼多修士元神輔助，現在天下圖的威力恐怕絕對超乎所有人想像。

沈鳳書趕緊把自己的擔憂告訴了浩渺仙子，浩渺仙子也只是微笑著聽完，微笑著點頭：「放心，心裡有數。」

也對，都查了這麼多年了，兩大宗門怎麼可能會放鬆警惕，沈鳳書覺得自己這句提醒真的是多此一舉。

能一次對那麼多修士動手腳，幕後的勢力肯定不是一般的大。

就連兩大宗門，也沒有一擊必殺立刻就能斬草除根的把握，所以，只能等對方發動之後再反擊。

可惜的是，只要這批從天穹陣法退下來的隱世長老們在，幕後黑手絕對不會動手，只有等他們集體飛升之後，才會發動。

大家都清楚這一點，都在暗中安排。

至於沈鳳書，則是被浩渺仙子帶到了一群聖級長老那邊，一個個指點一番之後，開始帶著沈鳳書一個個蹭天劫。

這本就是駕輕就熟的事情，沈鳳書一點都沒客氣，渡劫的長老們也一個個爭誰的天劫威力最大，結結實實的又成全了沈鳳書一番。

只昊天門一家，就讓沈鳳書識海多煉化了八十多個星系，單論數量，甚至比天玄宗還多出來至少兩成。

「等你聽到我們集體飛升的消息，就馬上趕到老魚那邊，老老實實待上二十年，然後再出來。」浩渺仙子十分鄭重地叮囑沈鳳書，「你是關鍵，沒必要因小失大，你父母，你姐姐，你朋友，都有人照顧，不用擔心。」

「另外，不羈你也不用擔心……滾吧！」浩渺仙子還想說點什麼，又覺得沒必要，一腳把沈鳳書踢出了昊天門。

沈鳳書摸著屁股上被踢的地方，欲哭無淚。幸虧不羈公子沒有再搞什麼分身之類的，不用發愁選誰的問題，不幸中的大幸啊！

接下來還能幹什麼？溜達唄！這時候又不能去找芷青小蠻，也不能去找不羈公子，爹媽不可靠不知道去哪裡遊歷還是閉關了，姐姐們結伴出去遊玩了，一塵和丁劍都在閉關，沈鳳書只能帶著小白小青和小狐狸精們，滿世界的溜達，兼散財。

三個佛國，沈鳳書已經散財出去一個多，剩下的，這段時間集中的都散財出去。

稱心天地當中的那條天地規則，已經越來越強悍，相信等三個佛國散財完畢，一定會更上層樓。

「還記得這棵樹嗎？」姜老頭這個時候也跳出來湊熱鬧，直接給沈鳳書稱心天地移植了一棵十分高大的紫檀樹。

要不是上面依舊還在散發著淡淡的青龍煞的氣息，沈鳳書還真不敢認。這就是那棵鎮壓龍見心青龍化煞的青龍紫檀樹。

沈鳳書一臉莫名其妙的看著姜老頭，一棵樹而已，靈植，還沒有開靈智，至於這麼鄭重其事的送過來嗎？

「這棵青龍紫檀，經過調整，樹心同樣生長了你那個樹姥姥的樹心陣法。」姜老頭笑呵呵地介紹道，「不過，因為是後天形成的，覆蓋範圍有限，只有百里方圓。」

百里方圓，撐死也就是稱心天地面積的百分之一，雖然能穩固一部分，但這有什麼用？眾人大惑不解。

「但這棵樹能影響其他靈植，只要幾年的時間，就能讓它籠罩範圍內的所有靈植，內部都生長那個陣法。」姜老頭得意洋洋地說道，「怎麼樣？我老頭子靈機一動，可比你折騰一百年一有用許多吧？」

好吧，沈鳳書不得不對姜老頭豎起了大拇指。一顆青龍紫檀覆蓋範圍不大，但能讓所有靈植都生長陣法，那數量可是以百萬計了。到時候，稱心天地絕對會有一個令人瞠目結舌的穩固程度。

「老魚的那根羽軸，我也煉製完成了。」就在沈鳳書剛剛對姜老頭豎大拇指的時候，龍見心也跳了出來，「你一定喜歡。」

第七章

好自為之

老魚給的那根羽毛，羽枝化成了超級靈脈，剩下的最粗大的羽軸，被龍見心要走，準備煉製法寶。

很長時間了，龍見心都沒消息，沈鳳書都以為龍見心煉製失敗了，結果現在龍見心湊熱鬧跳了出來。

「這是什麼？」沈鳳書看著那根純白如玉但又頂天立地的巨大的柱子，忍不住問道。

「你口中常說的……」龍見心得意洋洋地笑道，「擎天白玉柱！」

沈鳳書很確定自己一定說過這個詞，後面接著的是架海紫金梁，可是，龍見心煉製這麼一個大槓子就叫白玉柱了？

「姜老頭給的思路。」龍見心是個老實孩子，不居功，直接把關鍵之處點了出來，「這根擎天白玉柱，可以支撐天地，穩固空間。」

龍見心話說的輕描淡寫，但他敢把這根羽軸叫成擎天白玉柱，這麼強悍的超級材料，只煉製了一種功效，那一定是功效十分卓著的。要知道，這可是大鵬老魚的羽軸，加上龍族的煉製手法，等閒人等恐怕根本沒資格得見。

沈鳳書二話不說，將那根擎天白玉柱就「種」到了稱心天地的最中央，也就是核心控制樞紐區所在。

白玉柱一立下去，沈鳳書感覺中，就連稱心天地的天空都好像被撐的高了許多。很快，白玉柱就閃爍了幾下，消失在眾人的視野中，但沈鳳書知道，稱心天地中多了一根擎天柱，整個小天地已經穩固到了一種牢不可破的變態地步。

也不知道姜老頭是估算到了什麼還是猜到了什麼，反正出的主意一直在加強稱心天地，好在這對沈鳳書沒壞處，沈鳳書完全沒有拒絕的理由。

接下來的遊歷，看起來毫無波瀾，沈鳳書加快了散財的速度，順便到各地宗門收取一些還因果的靈植，日子悠閒舒適。

整個世界，一片太平。如果非要說有波瀾，那就是無數書院的目光都集中在下九洲雲洲大燕國身上。

紫嫣魔尊化身的女帝，治理國家蒸蒸日上，在無數人各種牝雞司晨的痛罵聲中，大燕國越來越強盛，讓無數人看的目瞪口呆。

更令人驚詫的是，璇璣書院白前輩的關門弟子安正靈，不等自家師尊飛升，竟然不顧修士的尊嚴，一頭扎到了大燕國出仕了。

堂堂大修士深入凡間朝廷已經十分丟臉，竟然還要投身大逆不道的女逆朝堂中，讓無數人扼腕嘆息，大好前途，墮落如斯，惜哉！

不是沒有人想過要搞事情，但修為低的，直接被高力士料理；修為高的，安正靈完全可以靠著修為和身分搞定；何況還有一個紫嫣魔尊在背後操控，一切陰謀詭計，都被無聲無息中鎮壓。

大燕國的國運，前所未有的強盛，國力之強盛，短短兩年之內開疆拓土千里，簡直如同話本一般。

終於，在沈鳳書奮力的將三個佛國徹底的散財乾淨之後兩個月，各大宗門齊齊敲響了一百零八響的鐘聲。

隱世長老們集中飛升的時日到了。

之前那些隱世長老們都已經安排好了一切，只等飛升。都是灑脫的仙人，對上界充滿了幻想，時候一到，誰也沒有留戀，各自輪流破開虛空，舉霞飛升。

每一個人飛升，都要吸引上界靈氣，抛卻自身駁雜念頭和心魔，至少也要持續一段時間。好在分散在上九洲各處，倒也不會互相影響。

滿天下霞光普照，祥瑞密布，足足持續了半個多月，各大宗門的隱世長老們才盡數飛升。這一趟，不光是那些隱世長老，還有一批宗門內的聖級高手，如天玄宗的夜師祖，昊天門的浩渺仙子等，一併飛升。

人間一下子少了一千多名接近兩千名的聖級高手，整個天地彷彿都減掉了巨大的負擔，普通修士們修行的時候都感覺輕鬆了許多。

沈鳳書是個聽人勸吃飽飯的好孩子，沒有一點頭鐵的打算，既然兩大宗門都讓他找個合適的地方躲躲，沈鳳書那是絲毫不耽擱，執行力滿分，這邊一開始飛升，那邊沈鳳書就開始出發。

不過，沈鳳書並沒有遵照夜師祖和浩渺仙子的指點直接去老魚那邊，而是去了天穹陣法。

一千多高手飛升，得產生多少域外天魔？沈鳳書可不會放過這種好機會。

另外，沈鳳書吸引域外天魔，其實是到天穹陣法之外的，別說普通的修士，就是那些飛升的隱世長老們，沈鳳書也沒見過他們出現在這片區域。

老魚那邊想去隨時就能去，無非就是順手激發附骨疽令牌的事情，完全可以先捕獲吸收了天魔之後再出發，兩不耽誤。

依舊還是當年的招數，沈鳳書將自己的神識外放，明晃晃的激發，吸引新降生的天魔附身，捕獲，然後吞噬煉化，一套流程沈鳳書已經十分的熟悉。

不出沈鳳書的所料，天穹陣法之外，又多了一批強大的天魔，新鮮熱辣。沈鳳書是來者不拒，盡情吞噬。

很快，沈鳳書就再次陷入了那種無念無想的狀態中，任由憑空出現的天魔開始瘋狂將自己包圍。

識海中多了一顆星辰，識海中又多了一顆星辰，識海中多了一個星系，識海中又多了一個星系，時間過得很慢，但沈鳳書的收穫卻是結結實實。

也不知道過了多久，當沈鳳書感覺周圍再沒有什麼新的天魔附身的時候，這才在伏羲的提醒下退出入定冥想狀態，開始檢視自身。

最明顯的變化，就是識海中又多了一千多個星系，基本上和飛升的高手們的數量相當。可憐的天穹陣法，在沈鳳書這個開掛妖孽的影響之下，恐怕最多也就是捕獲了幾個小天魔而已，不值一哂。

不過，這也正好再次印證了天穹陣法不再需要更多高手坐鎮護持的事實，那些隱世高手們飛升的應當應分，毫不勉強。

雖然這些星系都還沒有徹底煉化，但這不就是時間問題嘛，沈鳳書現在有的是時間。

不用什麼粗略的估量時間，伏羲有精準到飛秒級的計時器，立刻給出了回饋，從沈鳳書閉上眼睛開始吸收天魔到現在，一閃又過去了十年，距離夜師祖和浩渺仙子給定下的二十年的時間，已經過去了一半。

域外依舊還是空空盪蕩，除了沈鳳書沒有一絲人影，這裡不但沒有人，就連光線都沒有，黢黑深邃。

看來，不管那些陰謀搞事情的傢伙搞出了多大的動靜，也沒有波及到天穹陣法之外，這裡，足夠安全。

域外已經能夠滿足沈鳳書的安全要求，那還有必要到老魚那裡去躲避嗎？沈鳳書只是稍稍猶豫了一下，就做出了決定。既然夜師祖和浩渺仙子都指點沈鳳書去找老魚，或許老魚那裡除了安全，還有什麼別的關鍵，那還是去一趟比較好。

反正不費力。

下一刻，沈鳳書拿出了老魚特別改良過的附骨疽，神識靈氣雙重探入，開始激發。

以沈鳳書上一次去魔洲的經驗，激發之後，應該馬上會被老魚攝入到魔洲或者直接和老魚在那個隱密空間見面。

但這次不知道出了什麼問題，竟然毫無反應。

莫非是因為在域外，被天穹陣法阻擋的原因？

沈鳳書二話不說，立刻飛到了天穹陣法邊緣，稱心天地穿過天穹陣法的時候，沈鳳書察覺到了一絲異常。

天穹陣法好像有那麼一絲的變化，肯定和出來之前是不一樣的。這一點沈鳳書有百分百的把握。

或許是少了許多高手坐鎮進行的必要的修改吧！畢竟天穹陣法依舊還在運轉，沈鳳書也不能無端端質疑。

天穹陣法當中同樣空空盪蕩，原先密度很高的天魔，現在一個都沒看到，奇怪，連看守陣法的修士都沒看到，神奇。

還在陣法之中，不知怎的，周遭的靈氣好像有點稀薄，沈鳳書開始也沒太在意，這種情形太常見了，如果附近有一個超級高手剛剛修行過不久，絕對會造成這樣的結果。

甚至於不用多麼強悍的高手，就沈鳳書自己，徹底放開鯤鵬吞修行一下都能輕鬆的達到這樣的效果。

但很顯然，周圍沒有這樣的高手，沈鳳書警惕起來。

難道這就是夜師祖她們提醒過的異常？沈鳳書看周圍沒什麼生靈，也沒打算放開神識驚動旁人，果斷的在天穹陣法中發動了附骨疽。

這一次正常了。沈鳳書只感覺眼前一黑，隨後就來到了一個熟悉的所在，那片黑暗的區域，和禿頭老魚一起喝茶聊天的地方。

「老魚，我找你避禍來了，請你喝茶！」沈鳳書心中一鬆，老魚還能把自己虛空攝過來，那問題就不大，沈鳳書立刻對著虛空大聲叫道。

請老魚喝茶，八寶靈仙茶量太少，肯定不合適，普通的靈茶就好，反正以老魚的體量，再好的茶對他作用也不大，就是品個味兒，還不如多寫幾個字，多畫幾幅畫引發的天地靈氣對他有用。

禿頭老魚的身影終於出現，但並不是站著，而是躺著，彷彿全身精力都已經耗盡，疲憊不堪如同下一刻就要陷入沉睡的樣子，要多嚇人有多嚇人。

「你這是被群毆了？」沈鳳書大驚！什麼樣的場景能讓身懷魔洲的大鵬老魚變成這個模樣？有點不敢肯定地問道，「被幾萬個高手群毆的？」

「把你帶過來，耗盡了我最後的一點力氣。」禿頭老魚此刻說話都已經有點費勁，虛弱的好像馬上就要咽氣，「你好自為之吧！」

發生了什麼事？

能讓老魚這樣的虛弱，天塌下來了？

沈鳳書大驚失色之下，卻沒有慌亂，只是飛快的亮出畫案，鋪上稱心紙，大筆一揮，先來一百個大字練練字再說。

每一個正楷大字寫完，都能引發一陣的天地靈氣降臨，但不知道怎的，降臨的天地靈氣比沈鳳書預計的要少至少一半。沈鳳書立刻不單純練字，而是挑選了幾首沒出現在這世上的詩詞，鄭重其事的寫了下來。

結果還是一樣，降臨的天地靈氣如同打了個折扣一般。不過，這一股股的天地靈氣降臨，已經足夠讓老魚緩過一口氣，至少能坐起來了。

「老魚，你什麼情況？」沈鳳書不解地揶揄道，「身子怎麼這麼虛？你找了個母大鵬，被採補了？」

「你才被採補了！」身為魔洲幕後大黑手，老魚怎麼可能不知道採補是什麼意思，聞言大怒，直接回了一句。

嘴裡不乾不淨的嘟囔著，坐著恢復了一段精力的禿頭老魚終究還是坐到了沈鳳書對面，拿起了那杯量足夠大但品質一般的靈茶，一口倒了下去，連味道都懶得咂摸了。

「大概十年前，忽然天地之間強行出現了一條規則。」

老魚貪婪的吸收著這點靈茶裡面淡淡的靈氣，慢慢開始解釋起來：「所有修士體內的靈氣被陸續壓制外洩，越來越少，境界也被強行壓低，但誰也找不到規則的源頭，就好像是天地間忽然開始排斥修士一樣。」

「你都能被影響到？」沈鳳書依舊還是震驚。

「我也是天地之間的生靈，為什麼例外？」老魚不以為然地說道，「當然，對我影響不大。」

沈鳳書再次無語，都要虛脫了，還說影響不大？

「主要是拉你這一下，出乎意料。」老魚緊接著解釋道，「本以為手到擒來的事情，如以前一樣簡單，沒料到差點要了老命，耗費了一身靈氣。」

這就有點麻煩了。要知道，老魚的一根翎羽都能化身一道超級靈脈的，能把他一身靈氣耗盡，那是什麼概念？跨越空間如此的耗費？

「這裡是哪裡？」沈鳳書不得不多問一句。

「我的本命天地。」老魚沒隱瞞，直接說了出來，「和你當年的小天地不相上下，穩固，所以能撐到現在。你們說的那個魔洲，我腹中那個天地，就被影響很大，裡面的修士能頂住的不多。至少元嬰以下的現在都已經淪為凡人了，其他的也是在苦苦掙扎。」

「你不是被影響不大嗎？怎麼魔洲還會被影響？」沈鳳書再次大惑不解。

「有人在魔洲布置了不知道多少年，我老人家算是被暗算了。」老魚長嘆一聲，「能瞞過我老人家的耳目，我認栽！心服口服。」

是魔洲本身的修士布置的，還是外面進入魔洲的修士布置的，現在還不得而知，不過，老魚被算計是肯定了。

能在老魚眼皮子底下布置好這一切，老魚栽的不冤。

虧得夜師祖和浩渺仙子還讓沈鳳書躲到老魚這裡來避禍，結果老魚自己都沒扛住。當然，如果沈鳳書一開始就來老魚這裡的話，老魚大概也不會那麼吃力。

具體發生了什麼事，老魚也不清楚，只知道多了一條天地規則。沈鳳書覺得，還是得到魔洲去看看，免得老魚被算計的這麼不明不白。

「你現在的狀況，還能撐得住嗎？」沈鳳書在老魚這裡再次書寫畫畫十幾天，讓老魚結結實實的補了補，這才開口詢問道。

「放心！」老魚信心十足，「只要不憑空攝人過來，沒人能拿我怎麼樣。只要不是上次你帶來的好手那種級別，來個千八百的不在話下。」

夜師祖姜老頭山老頭這樣等級的高手，恐怕滿天下也找不出來十個。老魚這傢伙，仗著體型龐大，那是真的不怵任何人啊！千八百，現在整個天下有沒有這麼多聖級高手都不知道。

送沈鳳書去魔洲，都在老魚體內，老魚絲毫不費力，一個念頭就辦到了。

「轟！」一進入魔洲地界，沈鳳書就感覺到一道強硬的規則之力，直接強壓了下來。

體內的靈氣，彷彿同時被內裡排斥外界吸引，就要瘋狂地向體外湧去。要不是沈鳳書靈氣質量奇高，加上沈鳳書強悍的神識強制約束，一身的靈氣會不由自主的一洩而空。

嘗試著修行了一下鯤鵬吞，沈鳳書驚恐的發現，根本無法從外界吸收到體內一絲的靈氣。更可怕的是，自己主動洩漏出去的那點靈氣，只是片刻間就消散在天地之間，再也找不到絲毫的蹤跡。

這一下，連那些能夠掌控外界天地靈氣的修士也束手無策了。沒有靈氣，或者說感受不到任何的靈氣，掌控什麼？靠著強悍的神識強行御物嗎？沒有靈氣配合，那消耗可不是一般的大。

沈鳳書自身也是掌握了一道規則的人，但沈鳳書掌握的規則，是能夠靈活的排斥或者接納某個修為境界以下的人，和這種直接針對靈氣的規則大不同，顯然對方的規則更接近根本。

無論如何，沈鳳書是可以在這種規則的影響之下控制約束住自身靈氣的，不過，按照老魚的說法，元嬰以下的修士，恐怕還真撐不住。

就算是元嬰以上的修士能夠如沈鳳書這般，靠著自身修為抵抗，可每時每刻都需要對抗這種無處不在的規則，年深日久下來，就算再強悍，恐怕也無法完全抵擋體內靈氣的外洩，今天用一點，明天用一點，幾年十幾年下來，大概也得消耗許多，若是這規則持續個幾百年，聖級高手恐怕都得跪。

沈鳳書自己掌握規則，自然知道，除了執掌規則的那一個人，其他所有規則範圍內的生靈，都逃不脫規則的限制，包括自己人在內。

這一手，恐怕兩大宗門都沒能料到，對方竟然是拚著大家全都一起下水的法子，同歸於盡的打法。

夜師祖和浩渺仙子布置的後手，現在估計已經陷入了小心自保的狀態中，一旦動手，消耗的靈氣根本無法補充，消耗越多，廢的越快。

難怪十年過去了，形勢反而有點越來越嚴重，連老魚都被影響到了。

擺開畫案稱心紙，沈鳳書直接在原地書寫了十幾個字，等了片刻，沒有絲毫的天地靈氣降臨。顯然，就連書畫之道也廢了。

但為什麼在老魚的本命天地中，依舊還能有天地靈氣降臨呢？別的小天地，是不是有同樣的效果？

下一刻，沈鳳書直接回到了稱心天地中，熟悉的靈氣密度，熟悉的環境，稍稍一行功，磅礴的靈氣立刻進入體內，這種熟悉的感覺讓沈鳳書長出一口氣，別的不管，至少自己的稱心天地裡，還不受影響。

寫了幾個字，熟悉的天地靈氣降臨，絲毫沒有打折。

相比老魚本命天地中打了折的天地靈氣，沈鳳書立刻就意識到，自己的稱心天地比老魚的本命天地穩固程度不知道超越了多少，才會絲毫不受外界那種天地規則變化的影響。之前自己所做的一切努力，都沒有白費。

這個念頭剛一冒出來，伏羲和負責稱心天地的那一大堆分身忽然傳遞給沈鳳書十分清晰的意念，稱心天地周圍四面八方，都有規則之力在瘋狂的侵蝕，試圖滲透到稱心天地之中。

規則之力只能以規則之力對抗，而恰好，沈鳳書就掌握著另一條規則。

自從散財了乾城祕境之後，沈鳳書基本上就已經掌控了乾城祕境裡隱藏的那一絲規則，接下來，在散財釋海昌的佛國和後續三個佛國之後，雖然從來沒有在旁人面前示範過，但沈鳳書早已經把那條規則掌握的滾瓜爛熟。

沈鳳書允許所有的修士待在稱心天地中，但那不是規則之力，或者說，之前的所有時刻，沈鳳書都沒有發動自己的規則之力，但現在，沈鳳書不再隱瞞，發動了規則。

雖然同樣是允許所有修士待在稱心天地中，卻套了一層規則之力的殼子。以前是不限制，現在是在規則之下允許，完全是兩個概念。

能影響到老魚的規則之力，顯然是十分強悍的，但架不住鋪開的攤子太大，覆蓋了老魚不說，還覆蓋了整個魔洲，沈鳳書甚至懷疑，連上中下九洲都全部覆蓋了。

這麼大的面積分攤的規則之力，和沈鳳書稱心天地千里方圓集中的規則之力對抗，只要沈鳳書沒想過要和對方搶地盤，只維持稱心天地完整性的話，絕對穩操勝券，加之主場作戰，占據了絕對上風。

緩慢侵蝕的規則之力，立刻被沈鳳書的規則抵擋在稱心天地之外，三百六十度無死角，完美防禦。

雖然暫時不用擔心規則對稱心天地的侵蝕，但沈鳳書也不得不佩服那些操控這一切的傢伙們。

大手筆！

絕對是大手筆！

能把老魚都算計在內，動用了規則之力，將可以和上九洲任何一洲媲美的魔洲明確包含在內，並很可能囊括了上中下九洲整個世界，絕對是前所未有的大手筆。

對方的所圖，恐怕不是普通的大！

正在琢磨間，伏羲忽地再次示警。

有一股未知的神識，正悄無聲息的試圖充斥整個稱心天地，還在試圖用一種微不可察的方式，消磨掉沈鳳書對於稱心天地的控制權。

第八章 失敗的序幕

稱心天地是沈鳳書的法寶，什麼時候可以任由別人的神識進出了？而且不光進出，還在消磨控制權，是可忍，孰不可忍？

如果不是沈鳳書把稱心天地也納入到了本命法寶的行列中，還分出了數個分神來控制稱心天地，沈鳳書都無法察覺這種近乎不存在的神識侵襲。

對方並不是要搶奪控制權，只是一點一點消磨沈鳳書對稱心天地的控制權，不是本命法寶，普通的小天地擁有者根本不會發現這樣的變化。要知道，大多數小天地的擁有者都知道帶著小天地無法飛升，所以根本不會深入煉製，掌控不夠深，很容易被潛移默化的消磨掉。

第一時間發現了陌生神識，沈鳳書自身的神識充斥了整個稱心天地，立刻就發現了對方。

儘管十分微弱，可沈鳳書還是從中感受到了一點熟悉的氣息。

不管了，敢動稱心天地，那就是直接針對自己，反擊就對了。

無數縷細若游絲的明亮光線從沈鳳書體內飛出，沿著稱心天地的邊緣，迅速切下。

在沈鳳書強悍神識支持下的涅槃火，充斥著整個稱心天地，如同一個巨大鋒利的刀網，輕鬆的切入了陌生神識之中，將陌生神識切割的支離破碎。

剎那間，侵入稱心天地之中的陌生神識，就被粉碎之後開始燃燒，就好像碎紙機切完之後又扔到了垃圾焚燒廠，連點灰都沒留下，消失的徹徹底底，乾乾淨淨。

「老魚，神識能進入小天地，這也是一條規則嗎？」沈鳳書自己有點不敢確認，衝著天空大喊一聲問道。

「恐怕是的。」

禿頭老魚並沒有馬上回答，而是等待了一會之後才回應：「我也是剛剛才發現，魔洲本來就有無數陌生神識，但我的本命天地中也出現了，要不是你提醒，我還不會在意。」

如果連稱心天地和老魚的本命天地都能被陌生神識入侵的話，那麼可以想像的是，這世上絕大多數祕境和宗門的小天地，恐怕都已經被悄無聲息地入侵了數年時間。

如果恰好某個宗門執掌小天地的弟子相對比較低級，如當年璇璣書院的小天地畫卷就掌控在一個元嬰大儒的手中，這般情形之下，用不了太久的時間，小天地和祕境都要失去控制。

沈鳳書再次感嘆對方的大手筆，佩服萬分。

排斥所有修士體內的靈氣，還把所有的小天地門戶洞開，這是奔著把全天下修士都一網打盡的目標去的嗎？

「老魚，我想在魔洲弄點動靜，會不會影響到你？」沈鳳書再次開口確認了一下。

「你隨意折騰。」老魚看的開，根本不在乎，「毀了也無妨，反正小天地還在，不會丟，重新培育一些生靈就好。」

老魚滿不在乎的態度讓沈鳳書非常好奇：「老魚，這幾年你被這麼折騰，你難道就沒想過反擊？」

「除了拉你過來被影響，其他時候對我的影響不大，我又何必多此一舉？」老魚還是那種完全不在乎的態度，「實在逼急了，我就把天穹陣法那個缺口撞破，大家魚死網破。」

之前陪著老魚恢復的時候，沈鳳書已經把自己前十年的行蹤告訴了老魚。知道天穹陣法外不受影響之後，老魚就有了掀桌子的底氣，變得毫無顧忌了。

也好！沈鳳書自己可以隨意進出天穹陣法，但想要破壞還力有未逮，不過，有老魚在，那就完全沒問題。

雖然不知道撞破之後會帶來什麼後果，但至少老魚能脫離被規則影響的區域，只此一點，基本上就可以立於不敗之地了。

有老魚的放縱，沈鳳書立刻將稱心天地鋪開在魔洲。片刻間，被覆蓋的千里方圓就變成了和稱心天地內一樣的規則。

靈氣不在外洩，籠罩範圍內的那些魔修們立刻鬆了一口氣，抓緊時間開始瘋狂行功吸收靈氣，恢復修為。就在同一時刻，沈鳳書再次感受到了比在之前稱心天地內更強但更隱密的神識侵蝕。

這些強大的神識根本不在空中延伸，甚至連地表都不存在，只在地下二十丈以下，近乎鋪滿了魔洲的每一寸土地。這等隱密，難怪老魚沒察覺。

涅槃火立刻沉入地下，將那些神識絲斬斷灼燒，而兩種規則，也在魔洲開始上演碰撞。

巨大的轟鳴聲響徹天地，稱心天地鋪開的地方，每一寸土地上都如同在進行一場沒有硝煙的戰爭，一種想要排斥靈氣，一種卻是要恢復正常，兩種規則的對撞驚天動地。

不過，魔洲算是老魚的主場，有老魚幫忙，沈鳳書很快就占據了上風。隨著老魚將沈鳳書多送了幾個地方，一年多的時間對撞下來，魔洲至少有一多半的面積暫時性的恢復了正常。

恢復正常的意思，是靈氣再次充斥這片區域，修士體內靈氣也不再被排斥，原先被剝奪靈氣的修士們立刻得到了喘息，重新恢復了修為，而更高等級的修士，則是徹底恢復到了巔峰狀態。

雖然這只是暫時性的，不找到罪魁禍首，不徹底解決，魔洲這裡最多也只是恢復到十年前的情形，然後還是會被規則慢慢侵蝕，這方面，老魚是擋不住的。

但老魚已經十分滿意了。當魔洲大部分規則被驅逐，老魚自身的靈氣就已經恢復到了巔峰狀態，完全不懼任何人。

再次和老魚坐一起喝茶的時候，兩個人的關係明顯的更近一層，已經接近於和姜老頭山老頭那種交情。交情到了，之前你欠我的我欠你的什麼的，都不再提一句，你需要就開口，我能辦到就辦。

「老魚，我得回上九洲。」很明顯，魔洲不是主戰場，沈鳳書在幫著老魚清理一番之後，馬上和老魚提出了辭行。

沈鳳書的親人情人戀人好友都不在魔洲，沈鳳書怎麼可能一個人縮在魔洲過安穩日子？

老魚沒說別的，馬上開始送人。不過，並不是如當年一般，一個念頭把沈鳳書送到上九洲，沈鳳書來的時候那一下就已經足夠老魚接受教訓了，這次老魚直接肉身飛過去，送沈鳳書到上九洲「空降」。

鳳凰大前輩可大可小，大鵬也不輸人後，可以扶搖直上九萬里，同樣也可以化身一個小麻雀，神不知鬼不覺地將沈鳳書扔到天玄宗所在的大庭洲。

本來沈鳳書是打算落地之後馬上去找姐姐的，結果，一脫離老魚的小天地，沈鳳書立刻就察覺到了比在魔洲更加凶悍的規則制約。

在魔洲，畢竟是老魚的小天地，隔了一層，而對方真正針對的，卻是修行世界的上中下九洲，一落地，沈鳳書就遭到了最凌厲的規則約束。

二話不說，沈鳳書立刻祭出稱心天地，將自己全身包裹。

轟隆聲中，稱心天地堅挺的承受住了比魔洲更強悍十倍的規則攻擊，然後沈鳳書才有餘力探查周圍。

不得不說，之前一系列強化稱心天地的行為終於在這一刻得到了完美的回報。再強烈的規則，也被稱心天地拒之門外，不能越雷池一步。

只是，沒等沈鳳書弄清楚周圍的狀況，敏銳的第六感就讓沈鳳書察覺到強烈的危險，想都不想的，沈鳳書立刻讓稱心天地變形，包裹著自己飛速奔逃。

「轟！」沈鳳書還是跑的有點慢了，突如其來從天而降的無形攻擊，籠罩數十里方圓，結結實實的轟在了剛逃出去數十里還在攻擊範圍邊緣的沈鳳書身上。

近乎毀天滅地的攻擊，首先落在了稱心天地上，然後就沒有然後了。

稱心天地的穩固程度，再來十倍這樣的攻擊也無濟於事，除非是同等級小天地的直接對撞，或許能夠將稱心天地的邊角磕碰壞吧！而事實上，能和稱心天地比穩固程度的，沈鳳書迄今為止還沒有見過。

無論是釋海昌當初的佛國，還是姜老頭的培育場，抑或是老魚的本命天地，都無法做到這一點，更遑論其他的小天地了。沒有本命法寶級別的掌控，幾萬里佛國，遇上稱心天地恐怕也只能是粉身碎骨。

但這一擊，卻讓沈鳳書完全確定，發動攻擊的就是以前遇上過的千幻口中的那件法寶天下圖。這已經不是天下圖第一次攻擊沈鳳書，但威力卻好像比上次大了數十倍。

儘管接下了這一擊，用規則擋住了對方的規則，可是，另一條規則沈鳳書依舊還是沒辦法抵擋，尤其是沒有了老魚的魔洲作為緩衝，直接面對神識侵蝕的時候，沈鳳書的壓力直接飆升了百倍千倍。

似乎入侵稱心天地的神識面對沈鳳書已經毫不掩飾，強行想要消磨沈鳳書對稱心天地的控制，沈鳳書甚至能從中感受到一種極其強悍的控制力，彷彿對方也能夠對稱心天地有一定的控制力一般。

稱心天地的基底是小天地畫卷，那是白前輩煉製的，顯然，這裡面還有璇書院某些人的影子。

入侵的神識強悍了許多，但也帶來一個後果，那就是沈鳳書能從中發現更多的線索。

很明顯，這神識中有一種沈鳳書熟悉的味道，那是沈鳳書曾經接觸過的。

蛻凡祕境的小屁孩，是你嗎？

「出來聊聊吧！」沈鳳書衝著天空大喊了一聲，「不需要我再說三次吧？」

幾次簡單交鋒之後，沈鳳書已經完全可以確定，對方肯定是那個小孩子。就算不是小屁孩本身，也一定帶有小屁孩的一部分。

激烈的進攻停頓了一下，隨即馬上發起了更加猛烈的攻擊。

「最煩這樣不識好歹的。」沈鳳書十分的無語。

之前因為發現以後熟悉的氣息，所以特意手下留情了一些，沒有直接動用涅槃火下死手，準備大家交流一下再說，結果對方居然不領情，那就怪不得沈鳳書了。

涅槃火之前是被沈鳳書的神識包裹，雖然和對方的神識碰撞，卻只是洩漏出一絲絲，讓對方知難而退的分量，或許這給了對方錯覺，以為強化後的他比小屁孩厲害許多，完全可以承受沈鳳書的攻擊，繼而對沈鳳書採取了根本不理會的態度。

沈鳳書的神識放開，被壓抑了許久的涅槃火，猛地爆發開來，接觸到陌生的神識，立刻如同火星丟進了汽油裡，飛速的熊熊燃燒起來。

對方的反應也很快，發現自己的神識被點燃受損，立刻就想要斷掉外放的神識，棄車保帥。

「你們這些傲慢的傢伙，永遠不知道我從老魚那裡，最近才學到了什麼。」

沈鳳書感應著對方的操作，自言自語一般的發出了一陣冷笑。

去魔洲的唯一通道，就是拿著附骨疽啟用，而附骨疽之所以叫附骨疽，就是因為沾染上之後，除了死亡，就再也無法擺脫。這是一種專屬於老魚的獨特神通，但這些日子裡的交流中，沈鳳書還是從中學到了一些原理，並結合一些現代武器的鎖定方法，綜合之後成了沈鳳書專有的神通。

雖然不如老魚那種不死不休的羈絆，但沈鳳書神識太強大了，伏羲也太精密太強大，強大到只要抓住了對方的神識波動，就能夠如同預警機鎖定目標一樣一直鎖定住對方。

涅槃火，就是沈鳳書發射的「導彈」，嗯，燃燒彈，可以高速攻擊的燃燒彈，只要沈鳳書還有靈氣有神識，那就永不會熄滅。

天空中，因為神識燃燒的軌跡，憑空多了無數道璀璨的光帶，任憑對方如何的想要截斷神識，但還是能被沈鳳書鎖定，然後就是一團毫不講道理的涅槃火。

想逃？哪怕對方神識逃得再快，可沈鳳書的神識一點都不比他慢，神識被點燃之後，就再也沒有熄滅的可能。

一如在蛻凡祕境中一般，熟悉的一幕再次上演，痛苦刺激下的小屁孩幾次三番的詢問沈鳳書到底想要做什麼，幾次無果之後才總算是後知後覺的想起來，沈鳳書只是想要聊聊。

一個虛幻的影子，終於滿臉怒容的出現在沈鳳書的面前，臉上還帶著一些小屁孩的影子，好像小屁孩長大之後的模樣。

「又見面了！」沈鳳書一本正經地對著出現的元神拱手問候道，「你好像長大了！」

對方一言不發，只是冷冷的看著沈鳳書。

「讓我猜猜！」沈鳳書不理會對方是不是說話，自顧自地開口道，「你顯然比蛻凡祕境中的小屁孩要完整，他只是個孩子的性格，而你顯然不是，那麼，你應該是他的完全體，對吧？」

「蛻凡祕境出現到現在，接近上萬年。也就是說，前輩你們的這件事情，謀劃了上萬年之久，而且在蛻凡祕境中進行了大量的測試。」沈鳳書說開話頭，就緊跟著不停的講下去。

「我很欣賞前輩你們這種大膽假設小心求證的謹慎作風。我自己也喜歡這樣的做法。」說這話的時候，沈鳳書毫不掩飾自己欣賞的表情，「如果不是這種場合之下，我們說不定可以做朋友。」

「絕不可能！」元神冷冷的給出了回答。

「你們在蛻凡祕境進行的是四象陣法改變根骨的實驗。」沈鳳書才不會在乎對方的態度，接著說道，「應該是成功了。但我寧願相信，你們絕不會認為提升修士資質是成功，通過四象陣法削弱修士的修行資質才是你們的主要目的吧？」

元神保持著冷冷的表情，一言不發看著沈鳳書。

「類似的實驗肯定不止一處，別的我不知道，但我能猜到，前輩應該是將元神分成了幾個部分分別實驗，最近所有的分神才全部組合起來，哪怕站在我面前的你，依舊還不是最完整的元神。」

沈鳳書繼續說著自己的猜測：「我問過那個小屁孩，嗯，就是蛻凡祕境中的陣靈，他說他是自願的，想必這也是前輩的心聲。」

「我手上那具玄武的屍身，應該是你們拿去了。」沈鳳書根本不在乎對方是不是承認，只管自己推測，「在魔洲氣息感應的還比較弱，但在這裡，我已經能察覺到四象法陣的氣息了。你們是在削弱所有修士的根骨，對吧？」

這一次，一直冷峻的元神臉上變了顏色，但依舊還是沒有說話。

「我不知道你們針對所有的修士是因為什麼，也不想知道。」沈鳳書知道自己已經猜到了一點真相，十分平靜地說道：「但你們做的事情，針對了我的親人，我的愛人，我的好友，甚至如果我一直在上九洲的話，也會針對我，所以，我不能當做什麼都沒看到。」

「你想怎麼樣？」元神終於再次開了口。

「前輩你已經是死過一次的人了，想必什麼都不在乎。」沈鳳書笑道，「我給前輩兩個選擇，第一，徹底死去，再也看不到你們要做的事情是什麼結局。第二，我封禁前輩，或許到最後你還能看到結局。」

對方既然已經是元神狀態，而且存身於四象陣法之中，顯然早已經摒棄了肉身，不管是主動還是被動，都相當於算是「死」了一次，沈鳳書這麼說，也沒什麼錯誤。

而在說話之前，事實上，沈鳳書早已經在周圍數十里布下了天羅地網，元神就算是想逃都不可能逃過涅槃火網的約束。

死或者被關，元神並沒有太過猶豫，直接選擇了被封禁。事實上，正如沈鳳書所說，元神並不怕死，但他更想能夠看到他們做的這一系列事情的結局。

當然，在沈鳳書絕對實力的碾壓之下，元神也沒有別的可選。他只是很不解，明明只是一個金丹小輩，為什麼能把他一個聖級元神逼迫到這種地步？在沈鳳書面前，他的元神虛弱的如同一個三歲小孩。

當元神被沈鳳書封禁在稱心天地之內後，沒有了陣靈控制，覆蓋大庭洲的四象法陣就徹底停了下來，沈鳳書再也感受不到四象法陣的氣息，同時，也沒有了對稱心天地控制權的消磨，想來四象法陣中有一部分是包含這種功效的。

辨別了一下方向，沈鳳書直奔昊天門而去，無論如何，沈鳳書也得確認姐姐和小乖乖沒事才行。

和往日門庭若市相比，此刻的昊天門也是門可羅雀，基本上沒有修士前來拜訪，看起來，昊天門也採取了一種閉門不出的策略。

昊天門有各種強大的陣法防護，但在規則面前，再強力的陣法也無濟於事，低輩弟子還是被強行驅散了靈氣，只有高級修士還能支撐。好在昊天門底蘊深厚，高手眾多，還不至於有人在這個當口不長眼上來搗亂。

沈鳳書是直接亮出客卿長老的令牌進入的，一進入昊天門山門，沈鳳書就直接鋪開了稱心天地，方圓千里之內，立刻恢復了正常的規則，那些已經苦不堪言的低級弟子，瞬間發現他們又能吸收凝聚靈氣，狂喜之下，紛紛抓緊時間修行恢復。

這一次，沈鳳書如願見到了如冰姐和小乖乖。她們兩個都沒事，如冰姐早已經超越了元嬰修為，戰鬥力還在，只有小乖乖，靈氣被驅散不能修行，只能每天閱讀各種典籍來充實自己。

許多年來，昊天門上下做的最失策的一件事，就是沒能凝鍊一條完整的規則。或者說，普通的飛升級高手，最多也就只能凝鍊到乾城祕境那種程度，可問題是，凝鍊規則一定要在小天地中進行，諸多高手並沒有人願意做這種影響飛升的事情。

因為這個失策，對方天下圖一動手，昊天門也立刻陷入了被動之中。沈鳳書的到來，讓整個昊天門的核心區域一下子恢復了正常，也就意味著，那些守護宗門的高手們，再也不用擔心一次出手之後就會喪失戰鬥力任人宰割，被壓制了十年之後，立刻開始了反擊。

數十位聖級高手同時出手，沒有後顧之憂的情況下，就算是天下圖再厲害，也無法遮蔽這些高手的鋒芒。

籠罩整個大庭洲的某個虛無的罩子，一瞬間被沖開來一個並不算太大的口子，在這個缺口範圍內，規則根本無法影響。

有這麼一個小缺口就足夠了，足夠讓昊天門的這些聖級高手持續的將這個洞撕的越來越大，直到昊天門徹底解脫，然後就是整個大庭洲。

至此，隱藏在幕後的那些陰謀，在大庭洲已經徹底拉開了失敗的序幕。

第九章

請上路

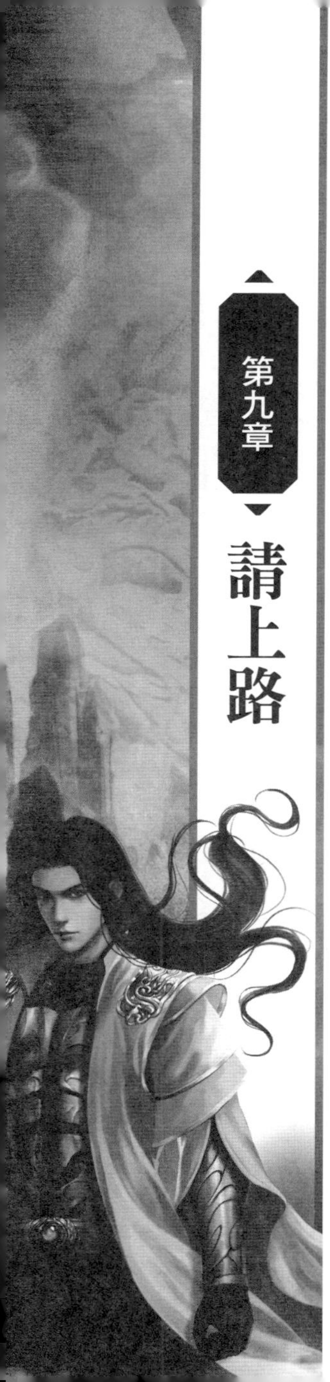

當籠罩整個世界的罩子撕開一個洞的時候，如果不能立刻補上，那就等著口子越來越大吧！

一如當年的天穹陣法，如果不是被老魚撞破之後立刻有無數隱世高手飛快修補，恐怕域外天魔會直接長驅直入，人間變成一片煉獄。

沈鳳書一直等到昊天門的核心區域數千里方圓全都恢復正常，宗門的超級靈脈恢復正常，所有的聖級高手都能維持攻擊節奏使的對方規則無法繼續覆蓋，這才離開。

先來了如冰姐這裡，接下來，沈鳳書自然是去如雪姐大庭洲那邊。

當然，沈鳳書從來沒有擔心過天玄宗會不會有危險，如雪姐和小囡囡會不會有危險，天下圖就算再厲害，恐怕也只能欺負欺負沈鳳書這種小米粒，真要敢對上九洲大宗門下死手，估計第一時間就能迎來凌厲的反擊。

要知道，規則是不分敵友的，直接針對擁有聖級高手的宗門，引發的一定是同歸於盡。

如果幕後陰謀家擁有直接碾壓大宗門的實力，那又何必用這種鬼鬼祟祟水磨工夫的方式？

一如沈鳳書所料，天玄宗這邊同樣十分安全，當然，也同樣的門可羅雀。在這種敏感時刻，沒有修士會亂跑耗費精力靈氣。

沈鳳書同樣用客卿長老的令牌進了天玄宗，把在昊天門的操作在天玄宗完全複製了一遍。

先找到了如雪姐，確定了姐姐和小囡囡很安全之後，沈鳳書帶著她們兩個，直奔天玄宗核心區域。

一大群聖級高手解封，聽完沈鳳書講述了昊天門的狀況之後，這些高手們二話不說，立刻動手，同樣輕而易舉的在天玄宗的上方撕出來一個規則的缺口。

沈鳳書沒有都逗留，如同在昊天門一樣，待了一段時間，等到天玄宗的核心區域也恢復正常之後，就再次離開，直奔劍門所在的太離洲。

劍門有丁劍和丁叔，沈鳳書肯定要過去走一趟的。

當劍門的一批劍修徹底沒有了束縛之後，那些劍修撕開規則口子的速度比兩大宗門還要快上許多。而沈鳳書轉手就踏上了去伽藍寺的路。

一塵在伽藍寺，雖然以一塵的修為，肯定不會被影響，但沈鳳書可不會厚此薄彼，特別是忘憂齋也在玉華洲，也算是順路可以去看看。

就在沈鳳書剛踏上玉華洲，距離伽藍寺和忘憂齋都還很遠的時候，直接遇上了一個熟人。

蔣大宗師。

忘憂齋的大宗師，後來的宗主，曾經給過沈鳳書元初九鼎，混元卵和那個無法煉化小天地的那個蔣大宗師。可以說是暗算沈鳳書的幕後黑手之一。

「讓宗主久等了！」見到蔣大宗師，沈鳳書並不意外，很早以前大家就都鎖定了蔣大宗師，只是沒有動手而已，現在蔣大宗師能精準的截住沈鳳書，再正常不過。

「大宗師這十年間人在哪裡？」蔣大宗師只是沖沈鳳書禮貌的拱手問候，緊接著就問了一個百思不得其解的問題。

「天穹陣法！」沈鳳書立刻給了一個回答。

「不可能！」蔣大宗師臉色大變，「天穹陣法裡的修士，全都在十年前被送了出來，蛻凡規則之下，在天穹陣法之內有死無生，大宗師絕不可能在天穹陣法之內！」

原來那道規則叫蛻凡規則，強行將修士體內靈氣排斥出體外，蛻變成凡人一個，果然是形象。這名字，倒是和蛻凡祕境一致。

沈鳳書瞬間意識到，天穹陣法恐怕也已經在對方的控制範圍之內，甚至有可能就是和天下圖配合的工具之一。

「進去之後好奇，到天穹陣法的外面看了看。」沈鳳書接著解釋了一句。都已經到這個地步了，之前的藏身之處在哪裡，其實已經並不重要。

「原來如此！」

蔣大宗師恍然大悟，天穹陣法之外，的確是天下圖無法影響的區域，難怪沈鳳書絲毫沒有被規則約束，總算是解開了蔣大宗師心中最大的一個疑惑。

「大宗師棋藝通天，算計之強天下無雙，其實，你本該能夠參與到我們大業之中的。」蔣大宗師長嘆一聲，頗為惋惜的嘆道，「如果你純粹的元神能執掌天下圖，這世間有誰還能逃脫你的算計？早就天下太平了！」

「我還年輕，還有嬌妻美妾，還沒享受夠花花世界，辜負宗主的美意了。」沈鳳書微笑著回應道，「不過，混元卵已經取了一位聖級魔修的元神，想來也是足夠了的。」

「你是什麼時候有了防備的？」蔣大宗師再次不解地問道，「混元卵多少人用過之後就再也無法擺脫，你是如何覺察不對的？」

「我沒覺察。」沈鳳書笑呵呵地回答道，「只是，我內心之中對於上癮性極強的東西會下意識的防範。之前有個狻猊香爐是如此，混元卵也是如此。」

「就因為這個？」蔣大宗師簡直無法理解，多少人夢寐以求的法寶，沈鳳書這裡下意識的會提防？

別說蔣大宗師，整個世界的修士，恐怕都無法理解沈鳳書那種對於上癮性藥品根深蒂固的抗拒。

「可惜了！」蔣大宗師知道了原委，對著沈鳳書嘆息一聲，「你一個人壞了我們太多事，說不得，我們也只能忍痛將大宗師滅殺了。」

沈鳳書早已經將防護法寶提升到了極致，連帶稱心天地都包裹住了身體，聞言正要發動攻擊，忽地全身一振，體內的靈氣和神識瞬間被牢牢封鎖，再也用不出來半絲，法寶更是直接失去了作用。

「大宗師法寶厲害人盡皆知，別怪我們用點手段。」

蔣大宗師卻始終不慌不忙：「蜺凡規則影響不到大宗師的小天地，可在十里之內封禁所有人的靈氣和神識卻是沒有問題的。大宗師，請上路吧！」

隨著蔣大宗師的話語，周圍出現了至少數百人的隊伍，個個都是膀大腰圓的強力體修，各自手持兵刃，組成了一個凡間軍陣，將沈鳳書牢牢的包圍在中間。

沈鳳書一直以來表現出的就是一個風流倜儻的公子哥形象，不是他的身邊人和朋友，誰也不知道沈鳳書的肉身有多恐怖。在許多人眼中，絕大多數修士眼中，這裡出現的每一個體修，都能將只能肉搏的沈鳳書輕易撕成碎片。

「請！」沈鳳書呆立了片刻，這才用一種莫名其妙的目光看了蔣大宗師一眼，開口回應道。

得多想不開的人，才會想到單純靠著肉身加上近身手持武器和裝備著強化超級奈米戰甲的人間凶器肉搏啊？

沈鳳書都無法形容此刻自己應該是種什麼樣的心情。是該慶幸自己被人大大的小覷了？還是該慶祝自己的敵人犯了愚蠢的錯誤？又或者是該惋惜這些魔鬼筋肉人練出一身的肌肉十分的不易？

接下來，沈鳳書的手上突兀的出現了兩把西瓜刀樣式的能量刀，在眾人的愕然目光中，以一種悲壯的氣勢，一往無前的衝向了蜂擁而來的軍隊之中。

那一天，花果山十三太保的老大沈鳳書，手持兩把西瓜刀，從南天門一直砍到蓬萊東路，來回砍了三天三夜，血流成河，可沈探花只是手起刀落手起刀落手起刀落，一眼都沒眨過，而且眼睛還不做。

當然，第一刀就是砍在同樣被蛻凡規則影響封印了靈氣和神識的蔣大宗師身上，而等沈鳳書把那支體修軍隊斬成了碎片的那一刻，蔣大宗師的雙眼還沒完全閉上。

蛻凡祕境封印神識靈氣的區域也只有十里方圓，走出去就沒事了。但這種封禁也讓沈鳳書對於封天地羅盤有了懷疑，莫非，這件法寶也是蛻凡規則的低級試驗品？

斬殺了蔣大宗師之後，忘憂齋已經不用去了。估計敵人也沒有將忘憂齋這個棋迷組織放在眼裡，有沒有靈氣，也不妨礙這些超級棋迷們繼續研究棋譜，指望他們出力撕開蛻凡規則的缺口，還不如期待夜師祖從上界下凡。

不過，玉華洲畢竟還有伽藍寺，當沈鳳書趕到伽藍寺的時候，伽藍寺也順理成章的撕開了第四個缺口。大和尚們雖然平日裡四大皆空，講經說法，但必要的時候，大和尚們也是略通拳腳手段的。

何況，還有絕世大妖活動手腳，那架勢，砸開蛻凡規則的一角並不比大鵬撞破天穹的威勢差多少。

接下來，該去璇璣書院了。

安正靈在大燕國入仕，可沈鳳書並不確定他在不在璇璣書院，所以，無論如何，沈鳳書都要過去看一看的。

在踏上紫府洲之後沒多久，沈鳳書就不得不發出了一聲嘆息。

前方又有人擋路，而且還是一位以前認識的熟人，兩人不但隔空交過手，甚至沈鳳書還引導對方突破成聖。

蔡志新！

璇璣書院新晉聖級高手，曾經在芷青魔女她們的夢境中放棄了一批借助詩奴提升境界的本門弟子，和沈鳳書比拼過推演社會變革，絕對是一個十分可怕的對手。

「前輩，我真沒想到這裡還有你。」面對平靜擋路的蔡志新，沈鳳書也是苦笑。

「世事無常！」蔡志新倒是笑得很平靜。

「為什麼？」換成沈鳳書不解地問道。

「因為你。」蔡志新回答的很認真，「你讓我下了決心。」

「為天地立心，為生民立命。」

怎麼就又和我有關了？沈鳳書徹底的無語。

「你修行時間並不長，相信你也知道各地的普通凡人過的什麼生活。」蔡志新並不急於動手，他是聖級高手，修為上妥妥的碾壓沈鳳書，此刻還是希望能說服沈鳳書的。

沈鳳書當然知道，點頭。

「那你可知道，凡人的生活，已經有數萬年沒有變更過了。」蔡志新接著說道。

沈鳳書再次點頭，事實上沈鳳書自己都有過這個疑惑，但後來就已經明白過來，這是修士們故意打壓的結果。王朝更迭有，但社會結構一成不變，社會生產力卻幾乎在原地踏步。

無論是上中下九洲還是魔洲都是如此，每個洲或許有每個洲的特點，但本質上都一樣。數量龐大的凡人既是修行界修行的資源，也是修士新血的補充池，更是修士們體驗生活紅塵歷練的道具。

這也必然會造成一種結果，那就是凡人世界的社會結構不能變化，更不能發展到地球上那種科技能夠威脅到普通修士生命安全的地步，現在這種農耕皇朝，讓普通凡人不飢不飽，在生存線上掙扎，正正好，也不能變。但凡有點新變化，都會被直接掐死在襁褓之內。

所以，一朝出現一個女皇帝，全天下都如臨大敵，口誅筆伐，但也不乏有開明的書院修士覺得這也是一個不改變根本前提下的大膽嘗試，這才容忍大燕國女皇帝叱吒風雲，否則別說一個紫嫣魔尊，十個紫嫣魔尊也早就被捻死了。

「凡人也是人，該有人挺身而出，為他們爭取更好的生活了。」蔡志新很認真地說道，「本來我還下不了決心，但你那天說了，要為生民立命，他們就是生民，我們該為他們立命，這世上，不該有仙凡之別，大家都一樣。」

「我贊同！」沈鳳書毫不遲疑地說道，「我只是俗人一個，只要不干擾我和我的親人，我雙手雙腳贊同你們的事業。」

沈鳳書可以在前世為了中華民族屹立在世界之巔的偉大事業心甘情願的犧牲，當然支持這個世界同樣心思的修士的奮鬥，但前提是，別把自己牽扯進來。這一世，沈鳳書真的只是想逍遙一生的。

「你可以加入我們的。」蔡志新很期待,他是親身經歷過沈鳳書在夢境中推演社會變革的，那種真實，那種人性上的赤裸裸，讓他至今想起來不寒而慄的同時，也是誠心誠意的佩服。

甚至於沈鳳書在夢境推演中出現的女皇帝，在現實中都出現了。這說明什麼？說明沈鳳書這小傢伙在這方面真的是有著得天獨厚的才華啊！

「加入？」沈鳳書冷笑了一聲，「被抽取元神，然後在那個天下圖中做個身不由己的器靈？」

「到時候，天下圖就是天下。」蔡志新依舊還想要說服沈鳳書，「你可以掌控一切！」

「掌控一切？」沈鳳書笑了起來，「在巨人博弈的棋盤上，棋子最危險的錯覺，就是以為自己是棋手。一個器靈，真的能掌控一切？蔡前輩，這話你自己信嗎？」

「你不願意，那我就只能動手了。」蔡志新很惋惜，他知道，他並不能改變沈鳳書的心意，之前的那些話語，並不能哄騙沈鳳書。

「蔣大宗師和你們是一伙的吧？」沈鳳書依舊還是笑，「蔣大宗師動手的時候，讓我想起來我還有一手同樣的招數。」

封天地羅盤瞬間啟動，周圍裡許方圓，立刻變成了靈氣神識的禁區。雖然不如蛻凡規則籠罩的範圍巨大，但只是單打獨鬥的話，裡許方圓已經是足夠了。

可是下一刻，蛻凡規則就立刻啟動，將這片封禁區域瞬間抵消。

「原來這封天地羅盤，也是有後手的。」沈鳳書再次嘆息，自己的身上，已經被人弄出了多少道埋伏？當真是讓人防不勝防，「這麼說起來，棋陣局恐怕也得打個折扣啊！」

好在封天地羅盤也好，棋陣局也好，沈鳳書雖然納入到了本命法寶的體系之內，但並沒有徹底煉化進去，都是在稱心天地內布置，陣法的核心加上封天地羅盤，也是封禁高手的妙棋。也幸虧沒有徹底煉化融入，否則關鍵時刻這兩樣東西要是發作起來，危險係數恐怕不會比混元卵差。

果斷的，沈鳳書沒有絲毫猶豫的，立刻讓融合進封天地羅盤和棋陣局的兩個分神控制著法寶自爆。

對方顯然沒料到沈鳳書會是這般的果決，要知道，一旦自己的分神自爆，剎那間帶來的痛苦是可以直接讓修士失去戰鬥力的，在戰鬥中除非是到了絕境，否則絕不會動用這一招。

封天地羅盤自爆的動作彷彿被什麼阻擋了一下，但棋陣局一直在稱心天地中，直接爆炸。轟然爆炸聲中，蛻凡規則似乎都呈現出一縷的縫隙，周遭的靈氣猛地顫動了一下，就在這一縷縫隙閃現的剎那，封天地羅盤終於徹底爆炸。

蔡志新的戰鬥經驗極其的豐富，這邊封天地羅盤的爆炸餘波還沒有散發開來，他的如椽大筆就已經到了沈鳳書頭頂，想要將沈鳳書一把抹殺。

另一支巨筆憑空出現，直接架住了蔡志新的大筆，卻是龍見心直接祭出了筆陣圖，擋住了蔡志新的攻擊。

兩人纏鬥還沒有一個呼吸的時間，就在原地消失。

稱心天地早已經無聲無息的鋪開，突然收起的時候，就連聖級高手蔡志新都無法防備。

可就在這個時刻，另一道突如其來的攻擊，卻是結結實實地落在了沈鳳書的身上。確切的說，是攻入了沈鳳書的識海。

沈鳳書幾乎是同時就感受到了熟悉的神識波動，是小屁孩的氣息。

之前已經封禁的那個元神，明顯不是小屁孩本體元神的全部，那只是在一個大洲上分散的分神，而這次攻擊的，卻是比之前的那個元神還要強大數十倍。

可以說，是所有分散於各大洲上的分神都集合了起來，靠著和被沈鳳書封禁分神的羈絆，精準的找到了沈鳳書，準備在神識層面根本性的解決沈鳳書和稱心天地的羈絆。

「我本將心向明月，奈何明月照溝渠啊！」沈鳳書長嘆一聲，「成全你！」被封禁的元神下一刻，也被送到了沈鳳書的識海中，和衝進來的強大元神一起，合成了一個完整的元神。

沈鳳書承認，自己還從沒見過如此強大的元神，甚至比血魔，烏魔修加起來還要強大數倍。沈鳳書只能感嘆，也不知道這位被抽取元神之前有多強大，或許在類似的蛻凡祕境中，對方的每一個分神都經歷了難以想像的磨練，變得強大而又有韌性，當所有的分神融合變得完整的時候，就變成了一個強橫無匹的元神。

至少在普通修士的認知中，是這樣的，可問題是，沈鳳書不普通。再強大的元神，進了沈鳳書的識海中，就只有一個結果。

很快，沈鳳書識海中就多了一個星系，剩下的就沒有了。

蔡志新是一個很優秀的人，他比白前輩更加具備挑戰的勇氣。白前輩連前輩先賢都不敢挑戰超越，可蔡志新就能靠著同樣的一句話突破。沈鳳書很佩服他，可大家不是一路人。

進了稱心天地，就算蔡志新有天大的本事，能和龍見心鬥個旗鼓相當，可架不住還有釋海昌，還有山老頭，還有姜老頭。

對方一個聖級高手來找沈鳳書一個小金丹的麻煩，以大欺小，那就不要怪沈鳳書以多欺少。

蔡志新的出現，讓沈鳳書對璇璣書院也有了猜疑和忌憚，一下子不知道該不該相信書院了。

不過，這問題不大，既然暫時不敢確定，那就先不去璇璣書院，沈鳳書轉頭就去了白龍的地盤。拜訪過龍族，沈鳳書又特意去了一趟無極宗，可惜的是，不羈公子並不在宗門，不知道去了哪裡，也不知道是生還是死。

隨著一個又一個的大洲全都撕開了規則的口子，只剩下紫府洲的時候，沈鳳書的目光，轉向了中九洲，心中開始猶豫。

不管是芷青魔女還是小蠻，應該都在中九洲，可是中九洲的宗門，並沒有強大的聖級高手坐鎮，就算是有沈鳳書稱心天地幫忙，他們最多也只能暫時恢復修為，並不能挑戰蛻凡規則。

其實沈鳳書更擔心的是，生怕只看到芷青魔女或者只看到小蠻，想來想去，還是暫時不去了，先專心幫著上九洲的高手們徹底撕碎蛻凡規則，徹底解決了這個麻煩再說。

雖然蛻凡規則籠罩了所有的區域，但決鬥的戰場，只會是在上九洲。

各大宗門只是一開始不察，被規則束縛，就算是空有那麼多聖級高手也無法抗衡，只能退而求其次自保。

現在既然吹響了衝鋒的號角，自然不會再重蹈覆轍。

沈鳳書的作用，最多也只是個撕開規則一角的催化劑，真正的對抗，已經輪不到沈鳳書出手，他只要靜靜地等著看結果就是。

戰鬥插不上手，沈鳳書很愜意地選擇了停留在當年鳳凰大前輩生活的那個火山口當中，靜靜地等待著。

小白和小青小狐狸精就在沈鳳書的身邊，半年來將沈鳳書照顧的無微不至。

畫完一幅畫淨過手，沈鳳書剛接過小白斟好的龍族寶參酒，身後就突然的傳來一個似曾熟悉的聲音。

「給我也斟一杯！抱歉，不告而來，有些冒昧，想必沈探花不會介意。」

沈鳳書轉頭，就看到了璇璣書院的宗主，笑呵呵地站在自己的背後。

「前輩請坐！」沈鳳書很有禮貌的邀請道。

終於還是要面對了嗎？

第十章

尾聲

半年來，上九洲的戰鬥如火如荼。

一方想要將蛻凡規則強行施加在所有修士身上，一方卻是占據了幾個缺口瘋狂大舉反攻，一方布局早，一方實力強。

按道理，天下圖一方占據了先手，應該占上風的，可架不住有一個小輩叫沈探花，出手就廢掉了對方一條侵蝕小天地的規則，使得天下圖一方想要借助超大的四象陣法將所有修士的修行資質悄無聲息消磨掉的打算徹底落了空。

在蛻凡規則依舊籠罩了大多數大洲的時候，上九洲小範圍的戰鬥其實並沒有多麼的驚天動地，講究一個潤物細無聲，戰鬥也是悄無聲息的。低級的修士，除了能感受到自己的修為暫時又緩緩的回到了體內之外，再沒有其他感覺。

只是，知情的修士都知道，這後面是怎樣你死我活慘烈的鬥爭，所有的流血都在看不見的地方，但並不意味著就沒有屍山血海。

沈鳳書很清楚這戰鬥的激烈程度，也很清楚這不是自己能夠直接參與的，反正該起到的作用都已經起到了，沈鳳書也不介意躲在一旁等待著戰鬥結果。

璇璣書院的宗主出現的這一刻，沈鳳書就知道，勝負已分，大局已定。

「前輩，請！」場面上的事情，沈鳳書身邊人一向周到，很鄭重的為宗主擺好酒具，斟滿美酒，沈鳳書這才端起酒杯，向宗主敬酒。

「龍族的美酒，還加了絕世大補之藥，沈探花果真是大手筆，老夫佩服！」宗主一口下去，立刻就嘗出了味道，忍不住豎起了大拇指，「愧受了！」

兩人絕口不談正事，反倒是聊了一些詩詞歌賦，風花雪月，甚至於小狐狸精們在天玄宗學到的天魔豔舞的精髓，也在宗主面前展現了一番，得到了宗主的連番讚嘆。

沈鳳書也拿出了自己最新的書法和畫作，請宗主評論，天下第一書院的宗主當然不是蓋的，盛讚沈鳳書書畫雙絕的同時，也找出了些許的瑕疵，並提出了相應的針對沈鳳書特點的更改方法，雙方都十分開懷。

「沈探花，老夫有許多不解。」娛樂完，酒菜撤去換上了八寶靈仙茶，品過一口之後，宗主才把話題轉到了正題上。

「晚輩也有一些大惑不解之處，想要前輩解惑。」沈鳳書恭恭敬敬回應道。

對面是天下第一書院的宗主，哪怕此時應該算是敵人，可沈鳳書從來都沒有降低對宗主的尊重，一直表現出十分恭敬的態度。

「你說。」宗主大方的示意沈鳳書先問。

沈鳳書也沒客氣，直接問道：「誰都知道那一批隱世前輩飛升之日，就是暗地裡一股暗流湧動之時，以前輩的睿智，為什麼非要選擇那個時候發動呢？」

天下圖發動的很厲害，但畢竟各方都有了防備，並沒有達成最大的效果，尤其是針對各方的頂級高手，完全沒有起到應有的作用。這也導致了璇璣書院這邊根本無法透過直接滅殺的方式來強行平推，以至於讓沈鳳書鑽了空子。

「不得不為而已！」

宗主沒想到沈鳳書會問出這樣的一個問題，沉吟片刻，苦笑一聲解釋起來：「最大的原因，各大宗門已經暗地裡調查數十載，只是一時還沒確定，卻已經懷疑到我們頭上，這個時候，箭在弦上不得不發。你也知道，先下手為強，我們總不能等著查到頭上被眾多高手圍攻，就只能先發制人。」

馬上要暴露，不得不發動，可以理解。

沈鳳書緊跟著問了一句：「那次要的原因呢？」

「那就多了。」既然來了這裡，而且開口了，宗主也沒打算兜什麼圈子，開誠布公地說道，「混元卵收錯了對象，那個魔洲高手元神雖強，但和我們心目中你的運籌帷幄能力相差太遠，直接讓天下圖好不容易提升的威力打了個巨大的折扣，得不償失。」

「我把這個當成是前輩您對我的誇獎。」沈鳳書笑呵呵地說道。

「不用當做，就是誇獎。」宗主也笑了起來，「還有，因為某個小子的緣故，昊天門和天玄宗的宗門氣運急劇攀升，再不動手，恐怕差距會越來越大了。」

很顯然，宗主口中的某個小子，自然就是沈鳳書自己。

「書院有教無類一直是我欽佩的，自然也可以修典提升宗門氣運，為什麼不做？」沈鳳書不解地問道。

「來不及了。」宗主搖搖頭，「兩大宗門不但修典，還收別家弟子指點修行，發行期刊，大勢已成，一步先，步步先，書院追之不及。」

沈鳳書還是不理解這一點：「白前輩應該也知道晚輩許多事情，還有一些學院前輩也知道，不至於啊！」

「道不同。」宗主再次搖頭，「白長老崇尚的是為往聖繼絕學，我們想的是為萬世開太平，不相為謀，他知道的事情，並沒有告訴我們太多。」

沈鳳書沉默點頭，這一點早有預料，從當年給白前輩寫下「匹夫而為萬世師」白前輩卻堅決不受就知道白前輩的性格目標了。

「下九洲大燕國出了個女皇帝，這是你的手筆吧？」宗主問出口，看沈鳳書點頭承認，接著說道，「如此牝雞司晨天道既然並不介意違背，那我們做的事情自然也是順應天道。大義在手，勝算倍增，我們當然要動手。」

這裡面居然還有自己的事，沈鳳書還能說什麼？

「老夫倒是有個疑惑，域外天魔何故一夕之間全都消失的無影無蹤？」為沈鳳書解答了一些疑惑，宗主反過來向沈鳳書提問道。

「這種事情，前輩怎麼會想到問我的？」沈鳳書有點不明白宗主為什麼會問到自己頭上。

「因為想不明白，因為問過不少人也不知道，因為沈探花你往日種種也實在是太過於神奇了一些。」宗主給了好幾個原因，「我們都看到了你一個區區小輩掙扎著做出各種匪夷所思的成就，心中自然也受鼓舞，你之遭遇都能如此，我們為何不行，這也是我們敢於發動的原因之一。」

沈鳳書愕然，這也行？看著我能，所以你們也能？不能不說，這邏輯顯然不是誇獎，而是那種這麼差的傢伙都可以，我比他優秀那麼多，肯定能做的更好，沈鳳書只是那個被當成最低標準的廢柴。

「域外天魔是被我收了。」沈鳳書知道原因之後，也沒隱瞞，直接承認。

「我就知道。」儘管聽起來太過於不可思議，可宗主還是相信了，這個時候，沈鳳書根本沒必要撒謊。

當然，宗主也很識趣的沒有詢問沈鳳書到底是怎麼做到的，就算他問了，估計沈鳳書也不會說。

「域外天魔盡數消失，天穹陣法沒必要用那麼多的隱世高手，他們飛升了，新的一批坐鎮天穹陣法的高手數量大減不說，他們交接的時候，天下圖趁虛而入，隱密的掌控了一大半天穹陣法，天時地利人和，我們發動，不難理解吧？」宗主自言自語一番，轉向沈鳳書問道。

「完全理解！」沈鳳書只能點頭，這又是自己的一個鍋。

「你有龍族美酒，想來和龍族關係莫逆，那你知道不知道，為什麼龍族身體煉製的法寶，忽然有一天威力會倍增？」宗主再次問了一個問題。

「天下圖是龍族身體煉製的？」沈鳳書立刻抓住了關鍵。

「真龍皮！」宗主馬上回答道。

「因為龍墓中的怨氣被一掃而空，少了怨氣詛咒，所以所有龍族身體煉製的法寶，威力都倍增。」沈鳳書投桃報李，毫不猶豫地回答道。

「是龍族的哪位高手出手的？」宗主顯然知道龍族法寶的限制，第一反應就是龍族出了什麼驚天動地的高手，他們竟然不知道，這一趟輸得不冤。

「不是龍族高手。」沈鳳書很坦誠，「是我。」

「你？」宗主剛想說不可能，忽地想到了之前沈鳳書做的那些種種不可思議的事情，終究還是沒說出口。

怎麼感覺所有的事情，都好像和沈鳳書有關聯？天選之人？還是氣運之子？

「四象陣法你是怎麼抗拒的？」有些事情宗主一定要問清楚，不然敗的不明不白，死不瞑目。

「晚輩進過蛻凡祕境。」沈鳳書毫不隱瞞地回答道，「悄無聲息進出的，沒驚動任何人，在裡面教訓過那個陣靈小屁孩，四象陣法對我也沒什麼作用，雖然後來小屁孩變回了完整的元神，但還是不是我的對手。前輩你知道的，我殺千幻的那團火，對元神還是十分管用的。」

「那是什麼火？」宗主打破砂鍋問到底。

「我稱之為涅槃火。」沈鳳書依舊沒有隱瞞，全盤托出，「赤炎宗鳳凰大前輩涅槃飛升，就是靠的涅槃火。」

「最後一個問題。」宗主無法掩飾自己震驚的神色，鎮定片刻後，才認真的出聲問道，「我們耗費了數千年的時間行遍天下，天下圖早已標記好全天下的山川地理，連魔洲都不例外。」

「可當我們全力發動天下圖的時候，天下各處忽然多出來的大片從未標記的土地空間，是從哪裡來的？」

沒標記的土地哪裡來的？當然是沈鳳書這些年堅持不懈的散財天地間弄出來的。可沈鳳書可以對天發誓，自己絕對沒有針對天下圖的意思，就是單純的散財而已。

「難道又是你？」看到沈鳳書的表情，宗主就知道，這些事情和沈鳳書脫不了關係。

「前輩也知道，乾城祕境在我手上。」沈鳳書乾笑了一聲，「我又不需要那麼大的祕境，所以就沒事東丟一塊西丟一塊，走到哪裡丟到哪裡。」

「乾城祕境可沒有那麼大。」宗主閉目琢磨了一下，立刻搖頭表示懷疑。

「喔，後來佛門那邊欠了我點人情，送了我三個大佛國。」

沈鳳書也沒隱瞞，繼續說道：「每一個都不比乾城祕境小，我覺得也沒什麼用，就一個個掰開了胡亂一扔。」

沈鳳書說得輕鬆，宗主卻差點氣得說不出話來。掰開了亂扔，那是祕境佛國，不是乾餅。

宗主更氣的卻是因為沈鳳書這不把祕境佛國當一回事的態度，你這裡隨手一扔是輕鬆了，可天下圖卻因為忽然多了這麼多加起來可以媲美數個大洲的土地空間，直接導致無法完美匹配天地，威力直接打了五折。

此次功虧一簣，未必就沒有這其中的原因。

「前輩，以我看來，你們想要締造一個看似凡人修士不分高低貴賤的大同世界，想法是好的，做法卻差了許多。」沈鳳書見宗主沉默，忍不住開口道，「或者說，一開始就想要把所有的修士都廢掉，根本就是搞錯了順序。」

「順序？」宗主猛地抬頭看向沈鳳書，「什麼順序錯了？」

「且不說仙凡，就只是凡人之中，士農工商平等了嗎？」沈鳳書直接開口問道，「這四民平等，可比仙凡平等簡單多了，為什麼你們不先試試？」

「豈有此理！」宗主大怒，「士農工商四民乃天下之基，各行其道，我等輔佐聖皇，代天牧民，豈能動搖天下之根本？」

得！沈鳳書還以為這一次天下圖之變是一群開明的修士為了全天下的福祉寧願背叛自己的階層也要自我犧牲的一群高尚之人，結果，還是一群食古不化沒有跳出封建王朝窠臼的舊知識分子。

階級局限性啊！

「天下大同，君子世界！」沈鳳書長嘆一聲，搖了搖頭，「如果這個世界就只有平等坦蕩說真話的君子，相信我，前輩，用不了一百年，這個世界就會毀滅，這是人性！」

「我等自然可以教化萬民！」宗主自然不服氣爭辯道。

「你們已經教化了幾萬年了，凡人世界為什麼還會有那麼多戰爭，那麼多的王朝更迭？」沈鳳書直接反問，「別說凡人，修士應該超脫吧？怎麼也沒見停止過打打殺殺？」

宗主再次沉默。

「另外，你們既然知道四象陣法要找個小地方試驗，這麼大的事情，為什麼不找一個影響小一點的洲來試試？」沈鳳書還是不解地問道，「擺明車馬，和各大宗門商量一下，未必就沒有這個面子，何苦上來就要你死我活呢？」

「時不我待！」宗主緩緩的嘆息道，「只爭朝夕。」

「對了。」沈鳳書忽地想起一件事情，「龍見心被擒，強迫青龍化煞，是你們的人做的吧？」

「是！」宗主好不否認，「你可以直接算在我頭上。」

「那白龍一族的族長，也是你們的人算計的？」沈鳳書又追問道。

「是！」宗主乾脆地點頭，「龍族的壓力，也是我們不得不倉促發動的理由之一。」

剛說完這句，宗主彷彿想起了什麼，猛地問道：「白龍族長敖雄的縛龍索，不會也是你給解開的吧？」

沈鳳書點頭點的都有點不好意思了，怎麼宗主他們這邊不管是倉促起事還是天下圖威力打折，都和沈鳳書脫不開關係。沈鳳書可以發下心魔大誓，他真不是故意的啊！

誰能想到沈鳳書走到哪裡，隨便做點什麼，就成了天下圖之變的轉折點呢？

「最後一個問題，蛻凡規則，你是怎麼能不受影響的？」宗主最為不解的就是這個問題了。

明明那麼多各大宗門的聖級高手都束手無策，怎麼到了沈探花這小輩面前，蛻凡規則卻毫不起作用了呢？

「乾城祕境不許築基以上的修士進入，這其實是一條殘缺的規則。」

沈鳳書真的是做到了知無不言言無不盡：「但規則要影響數萬里方圓的乾城祕境，威力顯然不足了點。我丟掉那些累贅，只剩下核心區域，規則就已經凝鍊。後來我又把三個佛國歸還於天地間，天地給我的回饋，就是完整的規則。以規則對抗規則，所以晚輩可以不受影響。」

宗主是真的有點壓不住火了。

無論哪個修士拿到一個乾城祕境或者大佛國這樣的小天地，要麼根本不會碰，要麼肯定會想方設法煉化，哪個正經人能幹出只留下核心區域把大部分都歸還於天地這等暴殄天物的事情呢？

可偏偏眼前這個奇葩，不但理直氣壯的做了，而且沒有損失不說，天地竟然還回饋了一條完整的規則，恰恰將自己的大業給封堵的嚴嚴實實。

上哪說理去？

若是今日之敗是因為無數的高手大能強力鎮壓導致功敗垂成，宗主還能勉強接受，技不如人，無話可說，可偏偏幾個關鍵的因素上，都是壞在了眼前這個小輩無意識行為的手上，這叫心高氣傲的宗主如何能夠心平氣和的接受？

明明沈鳳書只是一個可以輕而易舉的捻死的小輩，這一刻宗主直接崩潰了。

「既然敗了，老夫也無話可說。」宗主長長的吸了一口氣，正色道，「但我們的事業還要傳下去，有朝一日我等後輩還能捲土重來。」

沈鳳書對此也表示贊同，敗一次不打緊，就怕喪失了重新來過的勇氣。

「沈探花，你說的有道理，金玉良言。這一次，我們的確是應該先找個小一點的洲試一試的。」宗主對於沈鳳書之前的話也很用心，「下一次，我們的後輩不會再犯今日之錯。」

「不過，這一次，沈探花你讓我等功敗垂成。你不死，我心難安。」宗主一臉正色地看著沈鳳書，緩緩說道，「剛剛你也再次證明了你的確是天下圖最好的器靈，你放心，我會將你的元神好好安置在天下圖中，傳承萬年。」

沈鳳書彷彿早已經料到了這些，平靜地說道：「基於對等原則，你要取我元神做器靈，那我也取你元神做器靈，不過分吧？」

「不過分！」宗主站起身，衝著沈鳳書拱手行了一個平輩的禮節，「請！」

「請！」沈鳳書回禮，轉眼間，小白小青小狐狸精們全都消失無蹤。

天下圖和稱心天地的轟然碰撞聲中，一條黑龍騰空而起，將整片天空都遮蔽了起來，沈鳳書的稱心天地，只維持著最中央的一小塊空地，如同微弱的火苗，承受著周圍黑龍無孔不入的攻擊。

無論周遭的碰撞如何的天崩地裂，如何的驚天動地，卻完全的包裹在黑龍盤繞的內部，一點都傳不到外面。

天下圖煉製了接近萬年，區域之大，籠罩上中下九洲外加魔洲，稱心天地區區千里，簡直螢火與皓月爭輝，不值一提。

只是，任憑巨大的黑龍如何的翻轉騰挪，如何的鱗爪飛揚，稱心天地始終顫顫巍巍的矗立在中央，巋然不動。

也不知道碰撞了多久，稱心天地依舊看起來沒什麼變化，可黑龍的身上，卻已經呈現出一片又一片的殘缺。

顯而易見，天下圖和稱心天地的碰撞中，稱心天地是占據了上風。

只是，有一塊區域，雙方卻因為碰撞而連接了起來。

「你是對的，區域大未必就強。」

宗主的聲音從黑龍的口中傳來，冷冰冰的：「我不會留手了，也別怪我以大欺小以多欺少，要怪就怪你為什麼元神最適合天下圖吧！」

至少有十道人影忽地出現在周圍，其中的幾個沈鳳書還有印象，那是璇璣書院的長老，聖級高手。

十幾個人對付自己一個，還真看得起自己。沈鳳書自嘲的笑了笑，身形隱入了稱心天地之中。

所有人都沿著連接處追著衝了進去，而沈鳳書的身影卻再次出現在原地。那些人，碰上的會是全盛狀態下的釋海昌，龍見心，山老頭，還有深不可測的姜老頭。

他們，出不來了！

沈鳳書現身的剎那，黑龍身上無數的鱗片，每一片都化為一柄利刃，四面八方斬向了沈鳳書。哪怕沈鳳書憑藉稱心天地想要抵擋，可因為天下圖和稱心天地的連接，那些利刃卻突然擁有了穿越空間的能力，追到了稱心天地中，毫不留情的斬到了沈鳳書的身上。

瞬間，沈鳳書整個被斬成了無數的碎片，只是因為利刃太過於鋒利和快速，以至於那些碎片還維持著沈鳳書原本的模樣。

站在黑龍頭頂的宗主，則是一動不動，身前的一本厚書，以及雙眉的正中央，都多了一個細如針眼的黑點。

那是一發凝聚了沈鳳書全力的電漿炮留下的痕跡。

百萬度的高溫，電漿炮直接擊穿了宗主的防護法寶，打穿了宗主的顱骨，徹底燒化了宗主的腦組織。

就在宗主的意識渙散的那一刻，他看到已經被切成千萬個碎片的沈鳳書，如同沒事一般，笑吟吟地向他走了過來。

世界已經恢復了正常。

蛻凡規則去除的那一刻，所有被壓制的靈脈全都完全恢復，所有的修士都重新可以修行，很快他們就恢復了修為，如同沒事人一般，繼續修行生活。只是很少人會察覺，自己的修行資質其實都下降了少許。

不過，這一次的浩劫，死了不少大人物。

以璇璣書院宗主為首，各大宗門至少損失了上百名聖級長老。

沈鳳書以為天下圖之變只是璇璣書院一家的事情，結果並不是，而是遍及了全天下，各門各派幾乎都有人牽涉其中。

天下圖這邊死了不少，而各大宗門也不輕鬆，雖然沒有天下圖這邊這麼損失慘重，但也差不多有八成之多。

各方元氣大傷，全都安穩待在各自宗門舔傷口。

整件事情的罪魁禍首，也被昊天門和天玄宗的宗主找到沈鳳書之後，商量一番，推到了域外天魔的頭上。反正之前域外天魔表現的就不正常，一個都找不到，說明正是凝聚到一起搞了個大的。

之所以沒把璇璣書院整個除名，一來大多數弟子其實都是如白前輩那般安分守己的，另一方面，安正靈安師兄還是璇璣書院弟子，輩分還挺高，以安師兄的性格，肯定不會做出什麼叛出師門之舉。

最重要的是，如果璇璣書院倒了，書院一系恐怕會實力暴跌，這會打破道門神門佛門書院的平衡，會帶來一系列的麻煩事，說不定還會帶來上中下九洲對所有書院的清算。

茲事體大，沈鳳書點了頭，兩大宗門就順理成章的幫著璇璣書院遮掩過去。反正誰也不會知道，沈鳳書的身上多了一條黑龍皮煉製的法寶天下圖，天下圖當中還有上萬的器靈同時協作，而統帥的那個，正是璇璣書院的宗主元神。天下圖沈鳳書沒打算煉製，或許有一天，安師兄修為到了足夠的地步，沈鳳書會將天下圖交給安師兄。

沈鳳書自己也受了點傷，一個人面對璇璣書院宗主，不付出一點代價是絕不可能的。不過，只是短暫性的神識無法外放，等到天下圖上萬器靈借助全天下靈脈和修士奪取的資質將沈鳳書鎮壓的傷勢好轉，一切都會恢復正常。

變亂期間，姐姐們和一塵丁劍是安全的，沈鳳書親眼見過，但父母，安師兄和小蠻以及芷青魔女沈鳳書卻不敢確定。

結束了變亂，沈鳳書直奔歸元宮。

父母都在，沈鳳書喜出望外，可是，沈鳳書沒有看到小蠻，這讓沈鳳書的心猛地一沉。

和沈真陳易煙夫婦小聚月餘，沈鳳書就直接被陳易煙一腳踢出了家門，待遇一如寒暑假回到家裡的大學生，幹什麼什麼不對，慘被各種嫌棄。

安師兄在大燕國出仕，沈鳳書轉頭直奔雲洲。

雖然變亂囊括了中九洲和下九洲，但真正波及毀傷的卻很少，凡人們根本不知道曾經發生過什麼，而已經恢復的修士們，更是不敢亂說一句。

大燕國很完整，甚至在變亂期間，還征伐了一國，又打下了千里疆域，國運之盛前所未有，皇城中的人皇紫氣升騰中竟然已經有幾分龍見心的樣子。

還沒回到府邸，沈鳳書彷彿就感受到了熟悉的氣息，心情憑空大好。

小白小青和小狐狸精們熟悉的進入沈府，沈鳳書緊隨在後，一進門，沈鳳書就看到了一張日思夜想的面孔。

「沈大哥！」小鸞的聲音中充滿了驚喜，直接撲到了沈鳳書的懷中。

擁著小鸞，沈鳳書歡喜的快要炸開來，雙手再也捨不得分開。

只是，小鸞在，那是不是意味著芷青魔女已經消失了？

心中那一絲遺憾剛剛才泛起，沈鳳書就聽到了另一個熟悉的聲音。

「夫君！」千嬌百媚的聲音讓沈鳳書目光瞬間被吸引，看向了舉止端莊站在客堂門口笑迎沈鳳書回家的芷青魔女，「你回來了，妾身已經準備好了酒菜，就等夫君回家了呢。」

一時之間，沈鳳書都不敢肯定自己是不是身在夢中。

「道侶！」府門外忽地傳來平靜冷豔的不羈公子的聲音，沈鳳書頓時間確定，自己現在不在人間，而是在天堂，抑或是地獄修羅場？

「安師兄還在衙門辦差，只能等晚上安師兄散值放衙，再找他喝酒了。」小蠻提醒了一句，笑吟吟的邀請不羈公子入府。

這沈府有點小了。

不過，幸好還有稱心天地，大家各有各的獨特居所，還有沈鳳書自己的豪華別墅，不管哪一處，都足夠大，足夠溫馨。

「奏樂！舞蹈！」

「接著奏樂！接著舞！」

數年之後，沈鳳書識海中微微一震，天下圖鎮壓造成的封禁盡數清除，整個識海一片清明。

而在封禁期間，識海已經依靠自身規則，將所有星系自我洗鍊的純淨無比，封禁一開，沈鳳書只感覺瞬間多了上千個煉化的星系，神識修為再次急劇攀升。

再用神識觀察眾女的時候，沈鳳書忽地發現，芷青和小蠻身上，有著極強的羈絆，而兩女同時和某個未知方位有著同一樣的無形羈絆。

同樣的，不羈公子的身上，也存在著那一縷若有若無的無形羈絆。

未知方位無法形容，很遠，很縹緲，很虛無，斷斷續續，隱隱約約，沈鳳書知道，那應該不是在一個維度中。

這些年稱心天地也從莫比烏斯空間正在向克萊因瓶轉換，越來越玄妙。

手指尖縈繞著稱心天地的一個角，沈鳳書對著某個虛無的方向輕輕一點，忽然就憑空點在了某個無法形容的屏障上。

這下，沈鳳書終於可以真心實意的鼓動自己的親人愛人朋友們飛升了，或許有一天，等他們都飛升之後，沈鳳書也可以破開那個屏障，帶著姜老頭山老頭和龍見心，一起去看看那個世界。

看看那個世界的她們！

——全書完

國家圖書館出版品預行編目(CIP)資料

仙道方程式 / 任怨作. -- 初版.
-- 臺中市 : 飛燕文創事業有限公司, 2021.06-

冊;公分

ISBN 978-626-348-442-9(第31冊 : 平裝).--
ISBN 978-626-348-443-6(第32冊 : 平裝).--
ISBN 978-626-348-569-3(第33冊 : 平裝).--
ISBN 978-626-348-570-9(第34冊 : 平裝).--
ISBN 978-626-348-571-6(第35冊 : 平裝).--
ISBN 978-626-348-680-5(第36冊 : 平裝).--
ISBN 978-626-348-681-2(第37冊 : 平裝).--
ISBN 978-626-348-682-9(第38冊 : 平裝).--
ISBN 978-626-348-838-0(第39冊 : 平裝).--
ISBN 978-626-348-839-7(第40冊 : 平裝).--
ISBN 978-626-348-950-9(第41冊 : 平裝).--
ISBN 978-626-348-951-6(第42冊 : 平裝).--
ISBN 978-626-413-020-2(第43冊 : 平裝).--
ISBN 978-626-413-021-9(第44冊 : 平裝).--
ISBN 978-626-413-101-8(第45冊 : 平裝).--
ISBN 978-626-413-102-5(第46冊 : 平裝).--
ISBN 978-626-413-155-1(第47冊 : 平裝).--
ISBN 978-626-413-156-8(第48冊 : 平裝).--
ISBN 978-626-413-242-8(第49冊 : 平裝).--
ISBN 978-626-413-243-5(第50冊 : 平裝).--
ISBN 978-626-413-244-2(第51冊 : 平裝)

857.7 110008075

仙道方程式 NO.51 -END-

出版日期：2025年08月初版
建議售價：新台幣190元
ISBN 978-626-413-244-2

作　　者：任怨
發 行 人：曾國誠
文字編輯：小玖
美術編輯：大明、豆子
製作/出版：飛燕文創事業有限公司
公司地址：台中市南區樹義路65號
聯絡電話：04-22638366
傳真電話：04-22629041
印 刷 所：燕京印刷廠有限公司
聯絡電話：04-22617293

各區經銷商

華中書報社	電話 02-23015389
旭昇圖書有限公司	電話 02-22451480
智豐圖書股份有限公司	電話 05-2333852
威信圖書有限公司	電話 07-3730079

網路連鎖書店

金石堂網路書店 電話：02-23649989
網址：http://www.kingstone.com.tw/

博客來網路書店 電話：02-26535588
網址：http://www.books.com.tw/

若您要購買書籍將金額郵政劃撥至22815249，戶名：曾國誠，
並將您的收據寫上購買內容傳真到04-22629041

若要購買本公司出版之其他書籍，可洽本公司各區經銷商，
或洽本公司發行部：04-22638366#11，或至各小說出租店、漫畫便利屋、各大書局、金石堂網路書店、博客來網路書店訂購。
▶如有缺頁、破損，請寄回更換！

Fei-Yan 飛燕文創